俺は知らないうちに学校一の美少女を口説いていたらしい
～バイト先の相談相手に俺の想い人の話をすると彼女はなぜか照れ始める～

舞ちゃんが目をぱちくりとさせて固まる。

「か、可愛い！」

「え、ちょ、ちょっと舞ちゃん!?」

勢いよくひしっと抱きしめられる。

ぎゅっと私の体が
舞ちゃんの両腕で固定された。

「ふふふ。ほんと田中くんはいつも私に甘いですね」
「そうか？」
「そうです。いつも私のわがままにすぐに応えてくれて、もう甘々です。まったく、そんなに私のことが好きなんですね。大丈夫です。私も田中くんのこと好きですよ」
「なっ!?」

くすりと蠱惑的に微笑む斎藤。
上目遣いの二重の瞳が
いたずらっ子のように薄く細められる。
あまりに予想外の不意打ちに
動揺を隠しきれなかった。

「幸せ全開って感じですごく可愛かった。
俺、斎藤のその笑顔が一番好きだな」
「わ、私、お茶を淹れ直してきます」
お茶を淹れている斎藤の後ろ姿に、
何て言い訳しようかと
迷っていると、あることに気が付く。
あれ？ 耳が赤い？

俺は知らないうちに学校一の美少女を口説いていたらしい 3

～バイト先の相談相手に俺の想い人の話をすると彼女はなぜか照れ始める～

午前の緑茶

HJ文庫
997

口絵・本文イラスト　葛坊煽

Ore ha Siranaiuchi ni
Gakkou Ichi no Bishoujo wo
Kudoite ita rasii

第一章 衝撃の事実

冬は深く、まだ寒い。新年を迎《むか》えて二回目のバイトはかなり忙《いそが》しかった。

開店してまだそれほど経《た》っていないというのに、次々来店してくるお客さんたち。二人組、三人組などの少人数のグループに加えて、普段《ふだん》あまり来ない団体客までもが来るせいで、既《すで》に大混雑。正月明けで寝《ね》ぼけた頭の自分にはかなり厳しい。仕事の勘《かん》を取り戻《もど》しながら、なんとかさばいていく。

「いらっしゃいませ」

また来店を告げるベルが店内に響《ひび》き、迎えに向かう。既に待っているお客さんでいっぱいの入り口で応対する。

「二名様でよろしかったでしょうか？」

よく来てくださる女性二人組。両方とも長髪《ちょうはつ》ながら黒髪《くろかみ》と茶髪《ちゃぱつ》で対照的だ。かなり仲が良いようで、二人でいつも来てくださる。

「只今《ただいま》二十分ほどお待ちいただいているのですが、よろしいでしょうか？」

「はい。全然いいですよ」

長髪の女性の方がにっこり微笑《ほほえ》む。常連さんは心が広い方が多いので、凄《すご》く気持ちが楽になる。忙しくて余裕《よゆう》がなかった心が少しだけ癒《いや》された。

二人を入り口付近の座席で待たせて、料理の仕出しに向かう。去り際《ぎわ》、茶髪の女性から「大変ですね。頑張《がんば》ってください」と声を掛《か》けられた。凄く良い人たちだ。

戻ると、柊《ひいらぎ》さんがものすごい速さで動いており、次々料理の仕出し、片付け、注文の受付を行っていた。他の方も動いているけど柊さんだけ二倍速の動きに見える。もう忍者《にんじゃ》とかになれるんじゃ……。

「田中《たなか》さん。戻ってきたなら、五番卓《たく》に料理、お願いします」

いつも冷静な柊さんでも余裕はないようで、額に汗《あせ》が浮《う》かんでいる。そんな姿もかっこいい。常連さんの二人にやる気をもらったことで、気合を入れて仕事に戻った。

勢いに流されるまま、次々仕事に取り組む。あっちにいったり、こっちにいったり。忙しさはありつつもだんだん勘が戻ってくる。考える余裕も出てきた。

新年初めてバイトに出たとき、柊さんが和樹《かずき》と話していたようだが、一体何を話したんだろうか？

あの日は終わり時間が違《ちが》っていたので聞きそびれてしまった。内容は大体俺《おれ》に関することだろう。容易に想像がつく。和樹が変なこと吹き込《ふこ》んでいなければいいのだが。

当事者の柊さんを見るが、こちらに気付いた様子はなく、真剣《しんけん》に料理を運んでいる。

きっちりと制服を着こなし、その動きは洗練されている。あの堅《かた》い柊さんが不真面目《ふまじめ》の権化《ごんげ》と言ってもいい和樹と普通《ふつう》に話していたことは、今思い出しても少し不思議だ。

内心で首を傾《かし》げたところで呼《よ》び鈴《りん》が鳴る。片付けていた食器類を洗い場に置いて、注文を受けに向かう。

「お待たせしました」

先ほど対応した常連さん二人組。向こうもこっちを認識《にんしき》していたみたいで、茶髪の女性が一瞬《いっしゅん》目を丸くした。それからにこりと笑《え》みを浮かべる。

「注文いいですか？」

「はい。いいですよ」

腰《こし》に備えていたハンディを取り出し、構える。最初のころは何度も押《お》し間違《まちが》いをして苦労したがもう慣れた。二人の注文を次々入力する。二人は同じランチセットのパスタとドリンクバーを注文した。本当に仲が良い。

注文を受け終えて、また別の卓に移動する。食器を片付けて、料理を運んで、レジの対応をして。本当に忙しい。今日は厄日《やくび》だ。帰ったら本を読んで癒されるしかない。斎藤《さいとう》から借りている本も大詰《おおづ》めを迎えている良い所なのだ。ああ、早く帰りたい。

一旦《いったん》本を思い出してしまうとどんどん恋《こい》しくなってくる。そういえば今、一番気になるところで終わっていたんだった。昨日は一段落してから寝ようと思っていたんだが、案の定止まらず結局寝落《ねお》ちした。その結果、中途半端《ちゅうとはんぱ》な読みかけになっている。

朝はバイトに行く準備で読む暇《ひま》がなかったので忘れていたが、やばい。我慢《がまん》できなくなってきた。駆《か》り立てられる読書衝動《しょうどう》を抑《おさ》えてバイトに意識を向け続ける。今は仕事。こっちに集中しないと。

以前同じようなことがあったが、その時は柊さんに「集中してください」と叱《しか》られた。あの時の柊さんの怖《こわ》さといえば思い出したくもない。思わず体が震《ふる》える。

嫌《いや》な予感がして、柊さんの姿を探すと、なぜか柊さんが鋭《するど》い目でこっちを見ていた。う、嘘《うそ》だろ？　バレてはいないはず。柊さんの勘の鋭さに気を引き締《し》めて業務に戻った。

本の誘惑《ゆうわく》は無くなり、集中して食器を片付けていると、カチャンと割れる音が店内に響く。様子を見に行くと、どうやらグラスを落としてしまったみたいだ。

「大丈夫《だいじょうぶ》ですか？」

割れたガラス破片《はへん》の隣《となり》で立って固まっていたのは、ついさっき注文を取った茶髪の女性。見るからに顔が青ざめている。手を震わせて口元がわなわなと震える。

「は、はい。その、割ってしまってすみません」

「大丈夫ですよ。今片付けますので」

かなり気にしているようなので、優《やさ》しく話しかける。実際、そこまで気にするようなことではない。月に一、二回はあることだ。にこりと笑みを作れば、少しだけ彼女《かのじょ》の表情は和《やわ》らいだ。よしよし良《い》い感じ。

掃除《そうじ》用具置き場から箒《ほうき》と塵取《ちりと》りを持ってくる。現場に戻ると、まだ申し訳なさそうにしている。本当に気にすることではないのだが。

「座《すわ》っていていいですよ。こっちでやりますので」

お客さんなのに立たせておくわけにはいかないので、座席に座らせる。

他の人は別の対応で忙しいので俺一人だ。もう何度かやったことはあるので特に困ることはない。淡々《たんたん》と片付けを進める。店が騒《さわ》がしい中、俺と彼女の間でガラスの擦《こす》れる音だけが響いた。

「はい。終わりましたので、お食事を楽しんでください」

「本当にすみません。片付けまでしていただいて、本当にありがとうございました」

「いえ、本当に気にしないでください。割れちゃうことはよくあるので。それに俺もよく落として割ってるんで、一枚くらいじゃまだまだですよ？」

ふざけてみれば、女性はくすっと笑う。それと同時に纏《まと》っていた暗さが霧散《むさん》した。よかった。これで気に病《や》むことはもうないだろう。

「そう言ってもらえると助かります」

「いえ。それでは」

ガラスを落とさないように気を付けながら掃除道具を片付ける。ガラスを不燃ごみのところに入れて、箒と塵取りを仕舞《しま》う。

またホールの仕事に戻ると、さっきの女性が黒髪の女性と安らんだ表情で話している姿が映った。無事食事を楽しんでもらえているみたいだ。

その後は特に事件は起こることなく過ぎていく。途中《とちゅう》あった出来事といえば、退店するさっきの二人の女性に「ありがとうございました」と礼を言われたが、それぐらいだ。

昼が過ぎると流石《さすが》に少しずつ人が減り始める。やっと峠《とうげ》を越《こ》えたらしい。時計を見ればそろそろ昼休憩《きゅうけい》の時間が近づいていた。店長さんも気付いたらしい。

「いったん落ち着いたし、二人ともお昼休憩してきていいわよ」

「分かりました。失礼します」

やっと落ち着いた店内を後にして、裏の事務所に足を運ぶ。柊さんも後ろから追い付いて横に並んだ。まだバイトが終わったわけではないが、久しぶりに落ち着ける時間が来たことにそっと息を吐《は》く。

「今日は久しぶりに混みましたね」

「ほんとですね。バイトを始めてから結構経ちますけど、あれだけ混むと流石に疲《つか》れます」

休憩を言い渡《わた》された柊さんと歩きながら愚痴《ぐち》る。普通なら疲労《ひろう》が顔に出そうなものだが、柊さんは平然としていて疲れているようには見えない。長めの前髪《まえがみ》の間からは、縁《ふち》の細い眼鏡をかけたいつもの柊さんの表情が浮かんでいる。

「慣れれば意外と平気になりますよ？」

「そうですか。柊さんも始めた頃《ころ》は結構大変でした？」

「それなりには。色々覚えることもありましたし、混むこと自体が滅多《めった》にないので、急いで動くことが出来ませんでしたよ」

「へぇ。ちょっと意外です。なんとなく最初から上手《うま》く出来ていそうなイメージがあったので」

「そんなイメージだったんですか？」

何か気になったようで顔がこちらを向いた。

「真面目《まじめ》で完璧《かんぺき》なイメージは結構ありますね」

「よく似たようなこと言われますけど、全然完璧なんかじゃないですよ？」

「そうなんですか？　全然想像つかないですけど。例えばどんな時に？」

「そうですね……この仕事を始めたときは、何度も皿を落として割ってましたし、注文の間違いもしたことがあります。ほら、完璧じゃないですよね？」

「え、えっと、そうですね」

なぜかドヤ顔で失敗を語る柊さん。眼鏡の奥《おく》の瞳《ひとみ》がきらりと輝《かがや》く。あの、そんなに得意げに語ることではないと思いますよ？

「まあ、柊さんも失敗をしていたことは分かりました」

「分かっていただけましたか」

柊さんは満足したのか前を向く。

「そういえば、この前俺の友達がここに来たんですけど、覚えていますか？」

「覚えてますよ。確か、一ノ瀬《いちのせ》さんでしたか？」

「はい。そいつと何か話していたみたいですけど、何話していたんですか？」

和樹が柊さんに失礼なことを言っていないか心配だ。あいつの場合、すぐに人のことをからかおうとするからな。

「特にこれといったことは。名前を名乗って『田中さんがお世話になってます』とあいさつされただけですね」

「え？　それだけですか？」

「ええ。それぐらいですよ」

俺の予想は外れたみたいで、意外と和樹はまともだった。

普段の腹立つ和樹を見すぎたせいで少々疑《うたぐ》り深《ぶか》くなっていたらしい。心配は杞憂《きゆう》だったが、柊さんに迷惑《めいわく》はかかっていないみたいなのでよかった。もしかしたら柊さんが気を遣《つか》っているだけの可能性もあるが。その時は和樹から直接聞くとしよう。

そこまで話したところで休憩場所の事務所にたどり着き、扉《とびら》を押した。

「あ、お疲れ様です。柊先輩《せんぱい》。田中先輩」

「舞《まい》ちゃん。お疲れさま」

「お疲れ様」

中央にちょこんと座る亜麻色《あまいろ》の髪《かみ》の女の子。舞さんはいじっていたスマホから顔を上げて、快活な声をかけてきた。

にっこり微笑む姿は親しみやすく、どこか優しさがにじみ出ている。あのクリスマス以来だが、元気そうだ。

午前中はいなかったので、午後から入るのだろう。既に制服に着替《きが》えている。紺色《こんいろ》の制服は柊さんと同じものだが、着ている人が違うだけで印象が違って見えるのだから不思議だ。

あまりお腹《なか》は減っていないが、持ってきたお昼ご飯を取り出す。袋《ふくろ》に入れておいたパンを机に置き、身につけていたエプロンを外して、ふぅと席に座った。

「疲れているみたいですね。午前中そんなに混んだんですか？」

舞さんはスマホを机に置く。

「割とね。ここ最近だと久しぶりなレベルで来たかな」

「そんなにですか。お昼が凄く混むことは珍《めずら》しいんですけど、午後から入ることにした甲《か》斐《い》がありました」

「混むかどうか分かるもんなの？」

「伊達《だて》に店長の娘《むすめ》をやっていませんからね。何年も見てれば、なんとなく分かるものですよ」

得意げに胸を張る舞さん。凄い特技なのは分かるが、ピンポイントすぎる気がするのは俺だけだろうか。

俺たちの会話を聞いていた柊さんがお昼ご飯の箸《はし》を止める。

「それ、使えるときが限定的過ぎませんか？」

「そ、そんなことないですよ！　これのおかげで楽にお金をもらえているんですから。いかに楽にお母さんからお金をもらえるか、そこに情熱を注いでるんです」

舞さんは楽しそうに片手の親指と人差し指を合わせて円の形を作り、にやりと口角を上げる。普段の快活な笑みというより、下衆《げす》な笑み。うん、美少女にあるまじき笑顔《えがお》だな。

柊さんも同じ感想を抱《いだ》いたようで、ジト目を舞さんに向けた。

「ちょっと、舞ちゃん。顔。顔」

「おっと、失礼しました」

もにゅもにゅと自身の頬《ほお》を揉《も》むと、いつもの快活なほほ笑みに戻る。にっこり笑いかけてくるけど、誤魔化《ごまか》せてないぞ？

とりあえず、これ以上触《ふ》れて舞さんの印象が変わるのもどうかと思うので、素直《すなお》にさっきの姿は見なかったことにした。

お昼の菓子《かし》パンを頬張《ほおば》りながら、向かいに座る柊さんを見る。どうやら柊さんは弁当派のようで、小さめのお弁当箱に可愛《かわい》らしく具材が詰《つ》められている。

「そういえば、柊先輩とは今年になって二度目ですけど、田中先輩は久しぶりですよね？確か……」

「クリスマスの時以来だね。あの時はありがとう。本当に助かった」

今思い出しても、なかなか身勝手だったと思う。必死になっていたとはいえ、もう少しやりようはあったはず。急に電話をかけたり、翌日に手伝わせたりとやりたい放題だ。あの後、一度電話で礼は伝えてあるが、感謝してもしきれない。頭を下げると舞さんから「どういたしまして」と軽い口調が返ってきた。

自分と舞さんのやり取りを見ていた柊さんは、ぽかんと口を開ける。

「クリスマス？　お二人で何かあったんですか？」

レンズの奥の瞳を丸くして固まる柊さん。確かに、俺と舞さんの組み合わせは意外かもしれない。どう伝えたものか迷っていると、先に舞さんが説明してくれた。

「実はですね。二人で出かけたんですよ」

「二人でお出かけ……」

柊さんは舞さんの言葉をかみ砕《くだ》いているのか、しばしの沈黙《ちんもく》が漂《ただよ》う。時計の秒針の音が三度ほど響いて、ようやく柊さんは再起動した。躊躇《ためら》うようにしながら尋《たず》ねてくる。

「……それってデート、ということですか？」

「ふふふ、そう言ってもいいかもしれません」

「いや、おい」

紛《まぎ》らわしい言い方をする舞さんを思わず見る。舞さんはちょっぴり得意げにいたずらっ子な笑みを浮かべて、どうやら楽しんでいるらしい。困った後輩《こうはい》だ。

絶対変な勘違《かんちが》いをされているだろう。ちゃんと説明しようと、柊さんに向き合う。

（え？）

柊さんは「ふーん」と初めて見る冷たい目をしていた。

「あ、あの、柊さん？」

内心を見透《みす》かしたような批判的な視線に冷や汗《ひあせ》が止まらない。つうっと汗が背中を流れ落ちる。なんだろう。ここが一番の修羅場《しゅらば》なのだと本能が告げている。

舞さんを誘《さそ》った時点では、まだ斎藤への想《おも》いを自覚していなかったし、なにより誘ったのはその好きな人のためなのだから、悪いことをしたわけではないはず。

もちろん今思えば、軽率《けいそつ》に異性と二人きりで出かけたのは反省するべきことだろうが。

おそらく、これまでの相談の中で、自分が斎藤への並々ならぬ思いを無自覚に抱いているることが柊さんに伝わっている。そのうえで他の女子と二人きりで、しかもクリスマスに出かけたと思っているからこそこの冷たい視線なのだろう。

氷のような視線に生唾《なまつば》をごくりと飲んで口を開く。

「じ、実はですね。これには事情がありまして……」

「どんな事情なんですか」

「以前から話している自分と仲の良い彼女がいるじゃないですか。実はその人の大事なガラスのしおりが壊《こわ》れちゃったんです。それでそのしおりを直したくて、詳《くわ》しい舞さんに相談にのってもらったんです」

「あっ……」

僅《わず》かに瞳が大きく開かれ、なにかに気付いたように声を漏《も》らす。

「その流れで色々直すのに必要なものを買いにいくことになった感じです」

「そ、そういうことでしたか」

柊さんの目を見てしっかり伝えると目を一瞬《いっしゅん》伏《ふ》せて、それから深く頷《うなず》いてくれる。どうやら納得《なっとく》してもらえたみたいだ。

もう一度こちらを見る視線に批判的な雰囲気《ふんいき》は鳴りを潜《ひそ》めている。

柊さんは分かりやすく体の力を抜《ぬ》いて息を吐くと、不満を声に乗せた。

「まったく。舞ちゃん？　全然デートじゃないじゃないですか。紛らわしい言い方をしないでください」

「あはは。ちょっとからかっただけですよ。それにあの時の田中先輩を見れば、誰《だれ》も狙《ねら》おうだなんて思うわけがないです」

「何があったんですか？」

「実はですね――」

「お、おい」

嫌な予感がする。あの時はしおりのことに必死で周りに気を遣っている余裕がなかった。自分でも気付かないうちに変なことをしていたとしてもおかしくはない。あまりあの時のことは覚えていないのだ。

なんとか止めようとノリノリで話そうとする舞さんにすかさず割《わ》り込んだが、舞さんは止まらなかった。

「しおりを直すのに、レジンっていうものを買いにいったんですけど、その時の田中先輩が凄く必死で。どれが良いか私に聞いたり、店員さんに聞きまわったり、その場でもネットで色々調べながら選んでたんですよ。普通そこまでします？」

「そんなに頑張っていたんですか……」

柊さんが一度こちらを見る。目が合うとそっと目線を下げて、顔横の髪をくりくりと人差し指に絡《から》め始める。

「しかもですよ」

「ま、まだあるんですか？」

「もちろんですよ。そもそも、事の始まりは急に電話がかかってきて、しおりの直し方を聞いてきたからなんですけど、その時、田中先輩『大事な人のしおりだ』って言ったんです。ね？　田中先輩」

舞さんがこっちを見るので「あ、ああ」と一応頷く。

事実ではあるのだが、こう、他人に言われると流石に恥《は》ずかしい。ちょっと家に帰って枕《まくら》に顔を押し付けながら叫《さけ》んでもいいですかね？

「普通、あんな堂々と言えないですよ。私だったら、どんなに好きな人でも躊躇《ちゅうちょ》しますし。でも先輩は堂々としていて、その後一緒《いっしょ》に買いに行った時も同じようなことを語っていたんです」

「そ、そんなことが……」

ちらちらと柊さんがこっちを見てくるが、勘弁《かんべん》して欲《ほ》しい。

舞さんが言っていることは事実だけど、あの時は必死だったから、少し発言に気持ちがのってしまっていたのだ。

それを冷静になった今語られるとか、もう消えて無くなりたい。いや、ほんと黒歴史レベル。今すぐ死なせてくれ。

「あれだけ他の人にきっぱり言い切れるのは凄いことだと思いますよ。正直結構かっこよかったです。先輩はその人のことを友人だってあの時は言っていましたけど、本当のところどうなんです？　あんなに異性のために頑張るなんて怪《あや》しいと思うんですけど」

興味津々《きょうみしんしん》、瞳をきらきら輝かせて食いついてくる舞さん。そっと視線を横にずらすと、柊さんまでご飯を食べながらも何度も視線をこっちに送ってきていた。あの、ばれてますよ？

せめて気になってるのを隠《かく》すならもう少ししっかり隠して欲しい。

（仕方ない）

自分の気持ちを自覚するまでなら、いつもどおり否定していた。だが、もう自分の気持ちに気付いてしまっているし、これまで柊さんには相談にのってきてもらったのだから、正直に話すべきだろう。

「あー、実は、その人のこと好きだって、あの後気付いたんだよね」

首筋をぽりぽり掻《か》きながら打ち明ける。おそらく舞さんはかなり食いついてくるに違いない。そう思って待ち構えていたのだが――。

「え⁉　た、田中さん。す、好きなんですか⁉」

舞さんよりも早く声を上げたのは柊さんだった。

瞳をお月さまのように真ん丸くして、ぱちくりと何度も瞬《まばた》かせる。椅子《いす》から立ち上がり、机に両手をついて身を乗り出してくるほどの食いつきようだ。あまりに予想外の姿に、舞さんもびっくりして固まっている。

「え、えっと、はい」

躊躇しながらもゆっくり頷く。まさか柊さんがそこまで驚《おどろ》くとは思ってもいなかった。こんな声を上げる姿は初めて見た。

これ以上なんて説明したものか分からず「あはは……」と愛想笑《あいそわら》いを浮かべたところで、はっとしたように柊さんが動き出す。

「あっ、す、すみません。少しびっくりしてつい……」

顔を伏《ふ》せ、おずおずと席に座り直す柊さん。あれが、少し?

内心で首を傾げたところで舞さんも意識を取り戻した。

「ま、まさか、田中先輩が素直に認めるとは思いませんでした。柊先輩が驚くのも分かります」

「俺、そんなに素直じゃなさそう?」

「どこかの物語の主人公みたいに、意地でも自分の気持ちを認めないタイプだと思っていました」

「酷《ひど》すぎない?」

後輩の毒舌《どくぜつ》に泣きそう。いや、まあ、これが相手が柊さんではなく一ノ瀬だったなら、確実に認めなかったので否定はできない。あいつだとどう利用されてからかわれるか分からないし。

「絶対認めないと思ってたのに。その意地を張る姿を見て柊さんとにやにや楽しむ私の計画が……。田中先輩、どうしてくれるんですか⁉」

「……舞さん、ほんと良い性格してるね」

「でしょう？ ありがとうございます」

「皮肉だからね？」

胸を張る舞さんにジト目を向けるが効いている様子はない。むしろ目が合うとぱちくりとウインクまで返してくる余裕だ。まったく。素直に認めたのに、なんで俺が責められているんだ。なんとなく、人の恋愛《れんあい》事情を悪戯《いたずら》に楽しむ姿が一ノ瀬に被《かぶ》って見える。

苦手なあいつの姿を思い出してため息を吐くと、柊さんが上目遣《うわめづか》いに声をかけてきた。

「あ、あの、さっき言っていた好きだって話、本当なんですか？」

「ええ、まあ」

「その、いつから？」

「いつから、と言われると難しいですね。気付いたら好きになっていた感じです。自覚したのは、ほんと最近なんですけど」

「そ、そうなんですか……」

　ほわぁと夢見がちな表情を浮かべ、どこか気の抜けたようなぼんやりとした口調。もしかして信じてもらえていない？

「あの、好きだと思っていることは本当ですからね？」

「え？」

「初詣《はつもうで》にたまたま一緒に出掛《でか》けたんですけど、その別れたときの彼女の笑顔を見て自覚したんです。好きだから彼女の笑顔を気に入っていたんだなって」

「わ、分かりましたから。ちゃ、ちゃんと信じてますから、もう大丈夫です」

　こくこくと何度も頷く柊さん。その動きが激しいせいか、頬がほんのり赤らんでいる。

　俺が話すのを止めると、柊さんはほっと小さく息を吐く。一呼吸置き、ご飯に箸を伸《の》ばして一口ぱくりと口に運んだ。

「それで、田中先輩。気持ちを自覚したってことは、告白するんですか？」

「まさか。向こうの態度を見ていれば、友人として接してくれているのは分かるし、多分今のままを望んでいるので自分から何かをするつもりはないよ」

「えー。なんですか、それ。つまんないですよ」

「舞さんはからかいたいだけでしょ」

　頬を膨《ふく》らませて拗《す》ねる舞さんをあえて無視する。恋バナ大好きな彼女に話したところで、いじられるのがオチだ。

それに今までの態度から俺に恋愛感情を抱いているのは、なかなか想像しづらい。そんな相手に告白というのは無謀《むぼう》というものだろう。うん、想像してみても、呆《あき》れてため息を吐く斎藤の姿しか思い浮かばない。なぜだ。

手元に残っていたパンを口に放《ほう》り込む。じっと見つめて「告白しましょうよ！」と目で訴《うった》えてくる舞さんに気付かないふりをして、咀嚼《そしゃく》を繰《く》り返す。そんな目で見ても告白しないから。

舞さんは応援《おうえん》のふりをしてからかいたいだけだろう。

あからさまに無視を続けると、やっと諦《あきら》めたようでキラキラとした目を元に戻した。と、思ったら、またしても輝かせた。

「もう、仕方ありません。それなら、初詣の話で満足してあげます。初詣の話聞かせてください」

「嫌だよ。からかわれるの分かってて話す馬鹿《ばか》がいるか」

「えー、けちですね。好きな人とデートしてドキドキしたんでしょ？　そういう話聞かせてくださいよー。私に人生の潤《うるお》いを！」

「あったとしても舞さんにはしない」

媚《こ》びるような視線を送ってくるけど、そんなのが俺に通用するわけがない。

あの時はまだ自覚していなかったとはいえ、好きな人とのデートだ。それもなかなか見ない女の子らしい服装で。当然意識した。

だが、それを舞さんに話すのはなんとなく憚《はばか》られる。顔を背《そむ》けて拒絶《きょぜつ》を示すと、ぱしぱしと軽く机を叩《たた》いて不満を露《あら》わにした。

「なんですか、それ。余計気になるじゃないですか。ね？　柊先輩」

「え、私ですか？」

「そうですよ。柊先輩も気になりますよね。ドキドキしたエピソード」

「えっと……はい」

「ちょっと、柊さん⁉」

まさかの裏切り。柊さんならこちらの味方だと思っていたのだが、恋バナ好きの興味に負けたらしい。軽く顔を伏せているが、ちらちらと視線を送ってくる。あの、隠すつもりなら、もう少しちゃんと隠してください。

舞さんに話すのはアレだが、日頃《ひごろ》から相談にのってもらってきた柊さんの望みなら、仕方ない。一度大きくため息を吐く。

「別にそこまで大した話ではないですよ。たまたま一緒《いっしょ》に行くことになって、あんまり彼女の余所行《よそゆ》きの服を見たことがなかったので、その姿が凄く印象に残っているってだけです」

「なるほど。意外とちゃんと意識していたんですね」

「そりゃあ、あれだけ似合っていれば」

部屋着の緩《ゆる》い格好でさえ様になって見えるというのに、あそこまで気合の入った格好を見せられれば意識しないはずがない。日頃意識しない異性というものをはっきりと見せられた気がした。今でも鮮《あざ》やかに思い出せる。脳内で鮮明《せんめい》に描《えが》いてどきっと心臓が跳《は》ねた。

「ふふふ、いわゆるギャップ萌《も》えにやられちゃったわけですね。女性慣れしてそうなのに、ちょっと意外です」

「いや、そこまでじゃないよ」

「他にはないんですか？」

「他には……」

促《うなが》されて初詣の時を思い返す。急に誘われ一緒に行くことになって、戸惑《とまど》いながらも神社に向かってそして――。

手を繋《つな》いだ時の情景が脳裏《のうり》に蘇《よみがえ》った。あの時は無意識だったし、自分の気持ちを自覚していなかったからこそできたが、今考えるとなかなか大胆《だいたん》なことをしている。そっと自分の手に視線を落とす。

柔《やわ》らかかった斎藤の手の感触《かんしょく》が不意に手のひらに戻る。綺麗《きれい》な指先。自分よりも小さい女の子らしい手。僅かに熱くなった頬を誤魔化すように、一度ひらいた手のひらを握《にぎ》る。

「おっと？　なんですか、その反応」

「え？　いや……」

舞さんがぱぁっと顔を輝かせて食いついてくるが、やはり恥ずかしいものは恥ずかしい。そもそもこういうことを人に話すのは慣れていないのだ。

言い淀《よど》んでいると、柊さんもこちらを上目遣いに窺《うかが》ってくる。

「た、田中さん。まだあるなら教えてください。私も気になります」

「柊さんまで……」

「ほ、ほら、本人にバレるわけでもないんですから」

柊さんからさらにお願いが飛ぶ。前髪で半分目は隠れているが、それでも興味津々なのは見て取れた。あの冷静な柊さんまでこうなるとは、恋バナ恐《おそ》るべし。

「うーん、まあ、そうですね。ドキドキして緊張《きんちょう》したのは……手を繋いだ時ですね。最初繋いだ時は助ける意味で繋いだので何も感じませんでしたけど、気付いた後は流石に少し意識してしまいましたね」

「な、なるほど。偶然《ぐうぜん》手を繋いだ時ドキドキしていたんですね」

俺がイメージと違い純情だったことが可笑《おか》しかったのか、柊さんは頬を染め、口元を緩めてはにかむように笑みを浮かべる。

「そんなに笑わなくても。あんまり慣れていないんですよ」

「いえ、別に馬鹿にしているわけではないです。ただ、可愛いなと」

「それ、絶対からかっていますよね？」

浮かべた笑みを消さない柊さんを軽く睨《にら》む。だが、柊さんはいつまでも楽しそうに表情を緩め、それは昼休憩が終わるまで続いた。

斎藤side

一日のバイトの仕事が終わり、更衣室《こういしつ》で舞ちゃんと二人で着替える。田中くんは夕方までだったみたいでもういない。

疲れて重くなった体を動かし、制服の上着を脱《ぬ》ぐ。脱いだ上着をバッグに仕舞う。

「まさか、田中先輩に好きな人が出来るなんてびっくりしましたねー」

私と同じように着替えていた舞ちゃんが、何気ない口調で今日のことを振《ふ》り返った。隣を見ると、ピンクのフリルがあしらわれた可愛らしい下着姿で、私服のシャツのボタンを留《と》めている。丁寧《ていねい》に動かすその指先にはピンクのネイルが控《ひか》えめに輝く。

私も着てきた厚手の黒のセーターを被り、着る。

「そうですね。私も驚きました」

毛糸のせいで窄《すぼ》んだ首元に頭を通しながら、声と共にぷはぁと一息吐いた。出来るだけ落ち着いた口調を意識したけど、内心はまだドキドキしてる。

思いがけずにもたらされた衝撃《しょうげき》の事実。私と田中くんはどうやら両想《りょうおも》いらしい。あまりに予想外過ぎて全然現実感がない。

あれだけ本にしか関心を示さない彼《かれ》なのだ。そんな人に自分のことが好きだと言われてもそう簡単に信じられるわけがない。まあ、本人から聞いたことなので、絶対事実なんだけど。

で、でも、そうだとしても、なかなか受け入れられない。というより、その事実がむず痒《がゆ》いし、なんとなく恥ずかしい。好きな人が自分のことを好きとか、夢みたいで困る。何がとは言えないけれど、なんか困る。思わずバッグを持っていた手に力が入った。

「柊先輩はずっと田中先輩の相談にのっていましたけど、分からなかったんですか？」

「親しいのは分かっていましたけど、恋愛感情があることまでは……」

そう。だからびっくりしている。確かに「可愛い」とか「笑顔が好き」とか色々言われてきたけれど、それは単なる感想として言っているものだとばかり思っていた。普段《ふだん》接しているときには私のこと全然意識していないし。本にしか興味を持たないと思っていたんだけど。

「田中さん、気付いたのは最近だと言っていましたし、ずっと友人だと思っていたんでしょうね。特に年末は会っていなかったので、そこで気持ちに変化があったんだと思います」

「なるほど。クリスマスの時の先輩も無意識っぽかったですし、それこそ初詣のときとかですかね」

うーんと腕《うで》を組んで唸《うな》る舞ちゃん。考え込む姿は真剣そのものなのだけれど、下が下着のままで手が止まっている。舞ちゃん、ちゃんと履《は》いてから考えよ？

格好は間抜《まぬ》けだけれど、その予想は多分当たってる。あの時は色々ありすぎた。一緒に出掛けたり、手を繋いだり、しまいには田中くんの胸に頭を押し付けて……。

だ、だめ。うん。忘れよう。忘れる。絶対忘れる。思い出すのは心臓に悪い。思い出して顔が熱くなってきたし。頭を振って隅《すみ》に追いやる。今は忘れて、それよりも丁度話題に挙がったので、気になっていたことを尋ねるとしよう。

「お昼の時も言っていましたけど、田中さんとクリスマスに出かけたんですよね？」

「はい。しおりの直し方の手伝いをちょっと」

「まさか、二人が一緒に出掛けるとは思いませんでした」

最初聞いたときはびっくりしたし、少し嫉妬《しっと》してしまった。二人でお出かけ。しかもクリスマスになんてそんなのずるい。私だってもっと一緒にお出かけしてみたいのに。まあ、理由を聞いて納得したけれど。それならそうともっと早く言ってほしかった。舞ちゃんが紛らわしい言い方をするから……。

田中くんだって少しおびえていた。そんなに私、怖かったのかな？　あの時のことを思い出してため息を小さく吐く。

「私も急に電話が来たときはびっくりしましたよ。まあ、それだけ直したくて必死だったんだと思います」

「そんなに必死だったんですね……」

お昼の時にも舞ちゃんの口から聞いたけれど、それだけ頑張《がんば》ってくれていたという事実はとても嬉《うれ》しい。多分あの時変に私に期待させてしまったことを気にしていたから、必死だったんだと思う。別にあれは田中くんのせいではないのに。

わざわざ私のしおりを直すために頑張ってくれたのは、なんとなく想像がついていた。けれど、それを他人から聞くのはやはり違《ちが》う。

その時のことを想像しちゃうし、自分のためにそこまで頑張っている姿が目に浮《う》かんで、つい口元も緩んじゃう。お昼の時はにやけないように表情を引き締《し》めるのが大変だった。まったく、不意に喜ばせてくるから困ったものです。

「クリスマスの時の田中先輩の姿、見せてあげたかったです。本当に真剣《しんけん》で『あ、この人、相手のことを凄《すご》く大事にしているんだな』ってのが伝わってきましたから」

「そんなに言われると気になりますね」

「あれはかっこよかったですよ。相手の人もあれを見てたら絶対惚《ほ》れてたと思います」

ほわぁと柔らかな笑《え》みを浮かべる舞ちゃん。どうやらその時のことを思い出しているみたい。田中くんへ次々ほめ言葉が出てくるあたり、本当にかっこよかったのだろう。

（あれ？）

ふと舞ちゃんの表情に嫌《いや》な予感が湧《わ》きおこる。これだけ異性を褒《ほ》めるなんて、そうそうすることではない。だとしたら――。

「ま、舞ちゃん、もしかして田中さんのこと……」

「え？　やだなー。違いますよ。確かにかっこよかったのは事実ですけど、好きにはなってませんよ」

「そ、そうですか」

あっけらかんと言い放つ姿は嘘《うそ》をついているようには思えない。自分の勘《かん》は当たってい
なかったみたい。よ、よかった。ほっと胸を撫《な》でおろす。

「私、好きな人は他にいますから」

「え？　そうなんですか？」

「はい。まあ、私の片想いなんですけど」

らしくない苦笑いを微《かす》かに浮かべて目を細める舞ちゃん。きっと色々あるのだろう。

「もしかして、それで見た目を変えたんですか？」

「よく分かりましたね」

「女の子がイメチェンをする時の定番な理由ですから」

「あはは。確かにそうですね。よく少女漫画《まんが》とかで、見た目を変えて好きな人を振り向か
せる流れありますよね」

「舞ちゃんも？」

「いえ、残念ながら、この見た目になってからは会ったことがないので。そもそも見た目
を変えた理由の一つではありますけど、それだけじゃないですから」

どこか遠い目をしてそう呟《つぶや》く。その横顔には強い決意が滲《にじ》んでいるように見える。

どう声をかけたものか迷っていると、舞ちゃんは表情を緩めていつもの明るい笑顔に戻《もど》

した。

「全然進んでいない私の恋愛はこの辺に置いておいて。柊先輩の方はどうなんです？　あれから進展はありました？」

無邪気《むじゃき》さにあふれた視線。細められた瞳には好奇心《こうきしん》が見え隠れする。まったく。舞ちゃんの質問で一気に関係が進展したんですよ？

呑気《のんき》な笑顔に一息吐く。すると不思議そうにこてんと小首を傾《かし》げ、ゆらりと亜麻色の髪を揺《ゆ》れ動かす。舞ちゃんの甘《あま》い匂《にお》いが鼻腔《びこう》を擽《くすぐ》る。

「えっと、一応は……」

「ほう？　なんです？　何があったんですか？」

「相手側もおそらく私のことを好いてくれていることが分かりました」

「ほ、ほんとですか！　わぁ、それはよかったですね！　両想いじゃないですか」

一瞬《いっしゅん》目を見張り、それからぱぁっと顔を輝かせる。その表情は本当に祝福しているように明るい。ぱちぱちと分かりやすく拍手《はくしゅ》する。

「じゃあ、もう付き合っちゃう感じですか？」

「い、いえ。まだそこまでは」

「えー、さっさと付き合っちゃえばいいじゃないですか」

「相手の気持ちを知ったのも遠回しに知っただけなので、まだ直接は友人の距離《きょり》感のままなんです」

「あー、なるほど」

田中くんの気持ちを知ってしまったからといってそう簡単にはいかない。これまでずっと友人として接してきたのだ。それを急に、というのは難しい。

舞ちゃんも共感しているようで、うんうんと頷いている。

「相手は柊先輩の気持ちに気付いているんですか？」

「微妙《びみょう》に、という感じでしょうか？　ずっと隠してきましたので」

「そういう感じなんですね」

「あの、これからどうしたらいいんでしょうか？」

「それなら積極的に行くしかないですよ！　まずは好意を見せないと！」

「せ、積極的ですか⁉」

思わず声が上擦《うわず》る。積極的ってことは……。だ、だめだめ。あんなことやそんなこと、破廉恥《はれんち》な妄想《もうそう》をしてしまった。顔が熱い。

ぱたぱたと手で扇《あお》いで熱をにがす。舞ちゃんはガッツポーズを作って応援してくるけれど困る。

「あの、流石《さすが》に恥ずかしいです……。それにもしかしたら引かれてしまうかもしれませんし」

「なに言ってるんですか。柊先輩。例えば好きな人から抱きしめられているのを想像してください。どうです？　嫌ですか？」

「……嫌じゃないです」

田中くんに後ろから抱きしめられているのを想像してしまった。わ、私、なに考えているんでしょう……。

「でしょう？　相手も同じです。柊先輩に好意を抱いているなら引かれるわけがありません」

「そ、そうでしょうか？」

「はい。それにそんなに良い身体《からだ》を持っているんですから、利用しないと！」

ビシッと私の身体を指差して言い放つ舞ちゃん。明るく楽しそうに、にひりと口角を上げる。

「前々から思っていたんです。そんなに美人さんなんですから、それを利用しない手はないです。柊先輩なら相手もイチコロですよ」

「イチコロって……」

「胸を当てれば男子なんて一発です」

「そ、そんなこと出来ません」

「分かってますよ。流石に冗談《じょうだん》です」

軽《かろ》やかに微笑《ほほえ》んだまま、ふぅ、と息を吐《は》く。どうやらからかわれていたみたい。いつもふざけているから舞ちゃんが本気なのか冗談なのか見分けるのが難しい。

「でも意識的に相手の体に触れてみるぐらいはしてみたらどうですか?」

「正直、あまり私の容姿を意識していることがないので効果があるとは思えませんが……」

「ふふふ、私の統計によると意外とそういう男子ほどむっつりなんですよ。絶対効果あります」

「そうでしょうか?」

正直、田中くんが私のことを意識しているところが想像できない。これまでそういうところ見たことないし。田中くんがむっつり?　私より本の方が絶対興奮しますね、あの人は。

「絶対意識しますよ。急に相手から近づかれたらドキドキしますって。相手に意識して欲しくないですか?」

「それはもちろんして欲しいですけど」

「なら頑張ってみましょうよ。それに上手《うま》くいけば相手の赤面顔も見られるかもしれませんよ？」

「そ、それは……！」

み、見たい。田中くんが照れているところなんて、そんなの絶対見たいに決まってる。

あまりに魅力的《みりょくてき》な誘い文句にやる気が出てくると、舞ちゃんはいたずらっ子な笑みを浮かべる。

「じゃあ、やってみましょう！」

舞ちゃんの声掛《こえか》けに私も握りこぶしを作る。やってみるしかない。

あの田中くんの赤面顔なんて絶対見たい。出来れば写真にも収めたいくらい。私は心の中で強く決意した。

第二章 変わり始める関係

扉《とびら》を開けて外へ出る。肌《はだ》を刺《さ》す空気は冷たく、吐く息が白く漏れる。曇天《どんてん》の空がどんより広がり、ただでさえやる気の出ない気分がさらに萎《な》えそう。

年末年始の喧騒《けんそう》も過ぎ去って、今日で冬休みも終わりだ。長かったような短かったような不思議な冬休みだった。予想もしない出来事もあった。色々あったが、悪くない日々だった。

慣れた道順を辿《たど》り、足を動かす。連日互《たが》いに都合がつかなかったが、久しぶりに斎藤《さいとう》の家に向かって歩みを進めた。

見慣れた家々。何度も通り過ぎた公園。いつも枯《か》れている街路樹。冬休みの間に覚えた自分の家から斎藤の家への景色が過ぎていく。右に曲がり、左に曲がり、迷うことは一切《いっさい》ない。しばらく歩くと、彼女《かのじょ》の住まうアパートが現れた。

扉の前に立って呼《よ》び鈴《りん》を鳴らす。電子音が軽く響《ひび》いて、奥《おく》から足音が聞こえてくる。

「はい。田中《たなか》くん、どうぞ、入ってください」

「ああ、お邪魔《じゃま》します」

斎藤が右手先を伸ばして奥へと案内する。靴《くつ》を脱いで中へ入ると、温かい空気が肌を包み、ほっと息が出た。

「はぁ、あったかいな」

身につけていたマフラーを解きながら、いつもの定席であるソファに腰《こし》を下ろす。斎藤はキッチンでお茶を用意してくれているようで、カチャンと湯呑の音が背後から聞こえてくる。

「今日は一段と寒いみたいですよ」

「どうりで。朝は寒くて布団《ふとん》から出るのが大変だった」

「寒いの苦手なんですか？」

「ああ、出来るなら炬燵《こたつ》でぬくぬくしながら本を読みたい」

「亀《かめ》じゃないですか……」

呆れ交じりのため息が斎藤の口から漏れ出る。

その反応にムッとして斎藤の方を振り向く。丁寧に急須《きゅうす》にお茶の葉を入れている斎藤の姿が目に映った。

「いいだろ。炬燵で本を読みながら寝落《ねお》ちするのが最高なんだ」

「それ、風邪《かぜ》を引きますよ？　まったく」

「斎藤は炬燵好きじゃないのか？」

「好き嫌《きら》いどうこう以前に、一度もないので……」

「え？」

「家に炬燵がありませんでしたので」

「まじか。入れば絶対気に入ると思うけどな」

「機会がありませんからなんとも」

「そうだ。俺《おれ》の家に――」

炬燵の経験がないなら、布教してやろう。そう思って何の気なしに誘《さそ》い文句を言いかけて、慌《あわ》てて口を閉ざす。

「どうしました？」

急須にお湯を注ぐことに集中しているようで、顔は下を向いている。

俺の顔を見られなかったのは幸いだ。ゆっくり平静を装いながら、斎藤から視線を体の正面に戻す。

「い、いや、なんでもない」

なんとか言い切って、ばれないように小さく息を吐いた。

まったく、俺は何を言おうとしてたんだ。異性を自分の家に招くなんて。誘う前に気付いて良かった。口にしていたら下心を疑われていただろう。

以前ならまだしも自分の気持ちに気付いた今となっては下心がないとは言い切れない。

斎藤が友人としての関係を望んでいる以上、これまで以上に自分の行動には気を付けないといけない。力を込《こ》めて口元を引き締める。

「田中くんは季節の好き嫌いが多いですね」

「そうか？」

「前に梅雨《つゆ》も苦手って言ってました」

「ああ、そんなこともあったな。寒さが苦手なのも似たような理由だぞ。手袋《てぶくろ》が邪魔で外では読めないし、部屋でも冷えてるとすぐ手がかじかんで読みにくいからな。ほんと、温暖化で冬が消えてくれないかな」

「人類の敵みたいな発言はやめてください」

軽く咎《とが》める声が飛ぶ。斎藤の足音が近づいて、目の前のテーブルに湯呑が置かれた。

「はい。出来ました。飲んで温まってください」

「ありがとう」

湯呑を持ち上げた指先の温《ぬく》もりを感じながら一口すする。冷えた体には淹《い》れたての熱さが丁度いい。

お茶がお腹《なか》に広がりほっと和《やわ》らいでいると、お盆《ぼん》を置きに行っていた斎藤が戻ってくる。いつもの通り向かいのソファに腰を掛けるだろう。そうぼんやり考えていたのだが。

──斎藤が座《すわ》った場所は俺の隣《となり》だった。

「っ?!」

吹《ふ》き出しそうになったお茶をなんとか飲《の》み込む。い、一体どうしたんだ?!

出来るだけ表情に出ないように気を付けながら横目で斎藤の様子を窺う。

特に何か変わった様子はない。赤い瑞々《みずみず》しい唇《くちびる》を湯呑に触《ふ》れさせ、飲んでいる姿があるのみ。澄《す》ました表情で飲み終わると、こっちに視線を向けた。

「……ど、どうしました?」

吸《す》い込まれそうな綺麗な瞳《ひとみ》と目が合う。斎藤の瞳が僅《わず》かに揺れているように見えるのは気のせいだろうか?

斎藤も自分がいつもと違う場所に座っているのは自覚しているのだろう。急に隣に座った理由を聞くべきか迷う。ただの気まぐれか、それとも理由があるのか。尋《たず》ねたら教えてくれるだろうか?

（いや、わざわざ聞くのも……）

所詮《しょせん》隣に座っただけだ。わざわざ聞くほどのことでもない。

逆に聞いたら、隣にいるのを意識しているみたいじゃないか。なんとなくそのことが恥《は》ずかしくて、顔を斎藤から背ける。

「い、いや、なんでもない。お茶いつもながら美味《おい》しいな」

「そ、そうですか。それならよかったです」

なんとか告げて自分の太ももに視線を落とす。微妙な沈黙《ちんもく》が漂《ただよ》い、誤魔化《ごまか》すようにリュックから借りていた本を取り出して続きを開いた。斎藤も俺と同じように本を読み始める。

肩《かた》が触れそうな距離。手を伸ばせば届く位置に好きな人がいる。甘いフローラルの香《かお》りがいつも以上に艶《あで》やかな気がしてしまう。どうにも気持ちが落ち着かなくて集中できない。ページを捲《めく》る手が一向に進まない。

本当に一体どうしたのだろうか。ただの気まぐれ？　親しくなってさらに気を許してくれたとか？　あるいはもしかして俺のことを……。

馬鹿な考えが脳裏を過《よぎ》って慌てて振り払《はら》う。流石に都合よく考えすぎだ。そう上手い話があるわけがない。まったく、これからは自分の気持ちに振り回されないようにしないと。バレるわけにはいかないのだから。

綺麗な横顔で読書に耽《ふけ》る斎藤の姿が視界の端《はし》にちらつく。文庫本を両手に持ち、ページ

を捲るたびにガラスのしおりを持ち代えている。いつも通り何も変わっていない。

（はぁ）

妙《みょう》な行動をするのはやめて欲《ほ》しい。変に期待しそうになる。斎藤は一体何を考えているのか。悩《なや》んでも答えが分かるはずもなく、もやもやが募《つの》っていく。いまいち集中できないまま時間だけが進んでいった。

しばらく静かに時計の針の音だけが響く時間が続いた。静かに刻む時の音は心地《ここち》よく、本への集中を駆《か》り立てる。気付けば気持ちも落ち着き、本の世界にのめり込む。隣の斎藤への注意も薄《うす》れ、文字の世界が頭の中で構成され、物語が繰り広げられる。

病気を患《わずら》う主人公。助けたいと願う周りの人たち。張り巡《めぐ》らされた伏線《ふくせん》の数々。これまで築かれてきた集大成に、ページを捲る手が止まらない。一ページ。また一ページ。物語が進むごとに、残りのページが減っていく。

終わりが近づいている。そのことを薄く感じながらも読み耽り、どこか寂《さび》しい感情を心の片隅《かたすみ》に抱《かか》えながら、最後のページを捲った。

「はぁ、面白《おもしろ》かった……」

思わず漏《も》れた感想と共に、パタンと本を閉じる。顔を上げると見慣れた斎藤の家のリビングが目の前に広がっていて、自分がどっぷりのめり込んでいたことに気付く。昂《たかぶ》っていた興奮が僅かに引き、じんわりと寂寥《せきりょう》感が胸の内に広がる。

とうとう終わってしまった。

長い長いシリーズもの。読み始めたときはまだまだ続きがあると思っていたが、終わってしまうと呆気《あっけ》ない。もっと大事に時間をかけて読むべきだったかもしれない。僅かな後《こう》悔《かい》が燻《くすぶ》る。

(あーあ、これでこのシリーズも終わりか。今回も面白かったのにもう読めないのか)

小説に限らず、アニメ、漫画など自分の好きな作品が終わった時、誰《だれ》しも大小はあれどもある種の達成感や幸福感、喪失《そうしつ》感に襲《おそ》われるだろう。そしてそれは触れ合った期間が長いほど強く、思い入れがあるほど大きくなる。

これまでも大好きな作品は何冊もあったが、このシリーズは特別面白く思い入れがある作品だったので、それをこうして読み終わってしまうのは、なんというか悲しかった。

もちろん全《すべ》てを読み終えてすっきりとした感覚もあるが、それ以上にやはり喪失感が強い。堪《こら》えきれない寂しさに思わず、はぁーと小さくため息が漏れ出た。

「読み終わったんですか?」

俺のため息に声をかけられる。彼女の方を向くと彼女は本を閉じて顔を上げており、ぱっちりと二重《ふたえ》の瞳と目が合った。

見つめてくる。

「……元気がないですね。ああ、その本でシリーズが終わったからですか」

俺の様子がおかしいことに気付いたのか、少し眉《まゆ》をへにゃりと下げ心配そうにこちらを見つめてくる。


「ああ、まあな」

ちらっと俺の手にある本を見て、俺が落ち込んでいる理由を察したらしい。

「そうなんだよ。やっぱり面白かったし気に入ってたから余計にな」

「分かります！　大好きな作品が終わった時はどうしても悲しい気持ちになりますよね」

力なく返事をすると、珍《めずら》しく強い口調で同意してくる。凛《りん》とした声がやけに強く耳に残り離《はな》れない。

やはり彼女も読書好きとして共感する部分があったのだろう。「あのなんとも言えない喪失感には慣れませんよね……」と呟きながらしみじみと頷《うなず》く。

「物語を最後まで読めることはいいことなんだけど、やっぱり終わるのは寂しいよな」

話していても気分は元に戻らず、はぁー、とため息がまた漏れ出る。終わってしまった、という喪失感がいつまでも胸の内に残り続け、気分は回復しそうにない。

まだ抜《ぬ》けない読後の余韻《よいん》に浸《ひた》りながら本の表紙に視線を落とした時、ふとあることに気が付いた。

（あれ？　これってもう斎藤と関《かか》わる理由がないんじゃ……）

読書の余韻で忘れていたが、元々斎藤と俺が関わっている理由はこの本の貸し借りだ。その延長で今は彼女の家に入れてもらっている。

だが、その本が終わってしまったということは、関わる理由がなくなったということだ。もう彼女と関わる理由がない、そのことに気付き、読後の余韻とはまた違う寂しさに襲われた。

「どうしました？」

「……いや、なんでもない」

おそらく顔に出ていたのだろう、不思議そうにこてんと首を傾げて見つめてくるので慌てて取り繕《つくろ》う。

だが動揺《どうよう》していたせいもあって、覇気《はき》のない弱々しい声になってしまった。

これからどうしたものか。もちろんこのまま終わらせたくない。今の関係がなくなればもう斎藤と話せない。話そうと思えば話せるだろうが、きっとこれまでのように毎日は話さなくなる。それはひどく苦しい。

斎藤に「これで貸し借りの関係終わりだよな？」と聞いて確認《かくにん》しなければいけないはずなのに、言葉にする勇気が出ず口が開かない。何度も言葉にしようとするが声にならず、沈黙しか出てこなかった。

尋ねることが出来ず固まっていると、斎藤が丁寧に手を添《そ》えてテーブルの上に置いてあった本を一冊差し出してくる。

「田中くん、確か次の本はこれでしたよね」

「え？」

その本は彼女が最近ずっと読んでいたシリーズの本の第一巻だった。

呆気にとられ言葉の意味が分からず彼女を見つめると、きょとんと意外そうな表情が浮かんでいた。

「え？　次にこの本を貸す約束しませんでしたか？」

そういえばクリスマスの日、彼女が読んでいた本が気になり尋ねた時に、本を借りる約束をしていたことを思い出す。あの時は流れのまま約束していたのですっかり忘れていた。

彼女とまた繋がることが出来る。その事実に驚《おどろ》きに近い喜びが胸の内に一気に広がる。

あまりに嬉しくつい声が大きくなりながら、差し出された本を慌てて受け取った。

「あ、ああ、そうだったな。借りる！　ありがとな」

「いいえ、どういたしまして」

無事に受け取ってもらえたことに安堵《あんど》したのか、表情を緩めふわりと柔らかい笑みを浮かべる。ほのかに口元を綻《ほころ》ばせ、ふにゃっと笑う姿はとても魅力的でつい目を惹《ひ》かれ、嬉しさと相まって胸が高鳴るのを感じた。

斎藤が寝不足《ねぶそく》になるほど読み耽っていた本なので、どれだけ面白いのか楽しみだ。期待に胸を膨《ふく》らませながら表紙を眺《なが》めていると、隣から控えめにくいっと袖《そで》を引かれる。

「あ、あの、田中くん」

「ん？　どうした？」

こちらの様子を窺う上目遣《うわめづか》い。口元が僅かに引き結ばれ、どこか真剣さを滲ませている。

「えっと、田中くんのおすすめの本とかありますか？　よかったらでいいのですが、貸してもらえませんか？」

「ああ、あるある。いいよ、明日持ってくる」

「ありがとうございます」

本なんてこれまで沢山《たくさん》貸してもらっているのだから、本の一冊や二冊貸すくらいなんてことはない。むしろ十冊でも二十冊でも。いや本棚《はんだな》ごと貸してもいいくらいだ。

了承《りょうしょう》の意味で頷くと斎藤はぺこりと頭を下げた。

「面白いかは保証できないけどな。そこは勘弁《かんべん》してくれ」

「全然大丈夫《だいじょうぶ》ですよ。ふふふ、明日が楽しみです」

ほんのり声が弾《はず》み、華《はな》が舞《ま》うような幸せそうな微笑み。よほど期待しているらしい。

「そんなに楽しみなのか？」

「それはもちろんです。田中くんがおすすめしてくれるものですから。それに……」

「それに？」

「た、田中くんがどんなのが好きなのか、もっと知りたいですし……」

「お、おう」

斎藤は緊張のせいか少し上擦った声だった。ほんのりと頬《ほお》を朱《しゅ》に染めて、照れたような恥ずかしそうなそんな表情を浮かべる彼女はどこか扇情的《せんじょうてき》で、ドキリと胸が高鳴る。本当に勘違《かんちが》いしそうだ。単純に本好きとして、同類の好みを知りたがっているだけなのに。

顔に熱が昇《のぼ》るのを感じながら、小さくため息を吐いた。

冬休みが明けると、とうとう三学期が始まる。ああ、愛《いと》しき冬休み。俺の最高の読書ライフが終わってしまった。勉強も時間も全部忘れて読書を楽しめる最高の時間だったというのに。早速《さっそく》冬休みの日々が恋《こい》しくなってきた。

朝早く起きたのはいつぶりだろうか。とにかく瞼《まぶた》が重い。今すぐ家の布団に戻りたい。

ぼんやりする頭を抱えたまま、足取り重く進む。多分、周りから見たら、ゾンビのように見えているだろう。授業に読書があればまだやる気が出るのだが。

そんなくだらないことを考えてしまうくらい学校に行く気分にはなれなかった。

どんよりとした曇《くも》り空《ぞら》も気分が悪い。これで晴れていればまだましなのに。それに寒いし、ほんと温暖化もっと進まないかな。冬、滅《ほろ》べ。

斎藤に聞かれたら確実に批判されそうだ。そんなことを考えていると、本当に斎藤が現れた。

俺の家と斎藤の家、それぞれの通学路の分岐《ぶんき》となっている交差点。道路を挟《はさ》んで反対側で信号を待っている。滅多《めった》にないことだが、毎日通っていればこういうときもたまにはあるだろう。それにしても相変わらず綺麗《きれい》だ。

これまで斎藤の見た目をそれほど気にしていなかったが、好きになってみると、その美《び》貌《ぼう》がどれほど優《すぐ》れているのか強く実感する。

風に揺れる髪《かみ》は絹のようになめらかで、光を反射しキラキラ輝《かがや》く。瞳は小動物のように丸く、誰をも魅了《みりょう》するほどに愛くるしい。それでいて赤い唇は見るからに柔《やわ》らかそうで色っぽい。

そんな優れた見た目で完璧《かんぺき》な雰囲気《ふんいき》を出しているが、無邪気に笑うときは凄く可愛《かわい》いくなるしで、ほんとずるいギャップだ。そんなの惚れないほうがおかしい。

十七年の人生で本にしか興味がなかった俺が、そんな可愛い人と過ごせば意識しないはずがない。だから好きになったのは不可抗力《ふかこうりょく》。俺は悪くない。

まあ、斎藤からしたらこんな気持ちは迷惑《めいわく》なのかもしれないが。

斎藤が求めているのは友人であって恋人《こいびと》ではない。だからこの気持ちを斎藤に押《お》し付けるつもりはなかった。

赤信号が長くぼんやり斎藤の横顔を焼き付けていると、斎藤の視線がこちらに動いた。双眸《そうぼう》が俺を認識《にんしき》すると、ふにゃりと口元が緩《ゆる》む。ああ、まったく、こんな何気ないことでさえ嬉しくなっている自分がいる。恋というのは恐《おそ》ろしい。冷えた頬が熱くなる。

通学路ということで周りに見られるかもしれないと思い、反応するか迷っていると、斎藤がさりげなくふりふりと手を振《ふ》ってきた。

「っ⁉」

思いがけない行動にどきりと心臓が跳《は》ねる。ぎこちなく振り返すと、斎藤の表情が心なしか輝いた。そして今度はきょろきょろと周りを見回し始めた。

(なんだ？)

信号が青に変わり一通り辺りを確認すると、とたとたと駆け足でこっちに寄ってきた。

「おはようございます。田中くん」

「あ、ああ、おはよう」

話しかけてくれたことは嬉しいが、気が気でなかった。誰かに見られるかもしれない。もしかしたら変な噂《うわさ》も。俺の警戒《けいかい》する雰囲気を感じ取ったのか、斎藤は眉をへにゃりと下げる。こちらを窺《うかが》う上目遣いの瞳が僅かに揺れていた。

「……話しかけちゃダメでしたか？」

「い、いや、全然いいけどさ。こんなところ学校のやつらに見られたら、変な噂が立つぞ？」

「それなら大丈夫です。まだ早いですし、周りに同じ学校の人がいないかはちゃんと確認しましたから」

得意げに胸を張る斎藤。周りを確認していたのはそういう意味だったのか。

「朝から田中くんと話すのは変な感じですね」

「確かにな。冬休みは午後からだったし、その前も夕方だったもんな」

「はい。だから新鮮《しんせん》です。今日の田中くんは寝《ね》ぐせもついていますし」

「……重力で自動的に直るから問題ない。俺の髪は高機能なんだ」

「なんですか、高機能って。ただ自然に任せてるだけじゃないですか」

呆《あき》れたため息が白く空中を舞う。分かりやすく体の力が抜ける。

「朝でも理解できないことを言うのは相変わらずですね。まだ、本について語っていないだけましですが」

「なんだ、本について語りたかったのか？　いいぞ？　いくらでも話すぞ？」

「結構です」

俄然《がぜん》やる気が出てきたというのに、ぴしゃりと断られてしまう。

「そう言わずに数分だけでも――」

「絶対数分で終わらないでしょう？　田中くんが暴走して止まらなくなるのは目に見えています。周りに見つからないようにしているの忘れたんですか？」

「む、確かに……」

完全に忘れていた。指摘《してき》されてようやく冷静さを取り戻す。危ない。俺に我を忘れさせるなんて。本の魅力《みりょく》はやっぱり恐ろしい。

「そろそろ先に行きますね。あまり話していたら見られてしまいそうですし」

「そうか。じゃあまた放課後な」

「はい。また放課後。少しでも話せて楽しかったです」

「それならよかった」

ゆるりと微笑んだ斎藤が去っていく。

後ろ姿を見守りながらも、去《さ》り際《ぎわ》の笑みが脳裏《のうり》に焼き付いて離れない。既《すで》に斎藤の笑顔《えがお》の虜《とりこ》になっている。たまらず首に巻いていたマフラーで口元を隠《かく》した。

久しぶりの学校への道のりを辿って到着《とうちゃく》すると、ざわざわと教室内が賑《にぎ》わっていた。久しぶりに会う者同士、冬休みにあった出来事を話したり、あるいは勉強や部活、この先のことを話したり、色んな話題があちらこちらで飛び交《か》う。

俺が教室に入ると、何人かがこちらを見たが、特に気にした様子もなくまた近くにいた人との会話を再開した。かつて冬休み前にあった奇異《きい》の視線を向けてくる人はもう誰もいない。

予想通り、俺のことは風化したらしい。誰の視線にも留まることなく、喧騒の間を抜けて自分の席に着く。

新学期早々、斎藤と出会うという思いがけない出来事があったが、本来の俺はこんなもんだろう。ほとんど誰にも注目されず、窓際《まどぎわ》で一人本を読むのみ。リュックから読みかけの本を取り出す。

斎藤から借りた本を開いていると、色んな噂話《うわさばなし》が周りから耳に飛び込んでくる。集中を邪魔する会話の数々。本の世界に入り込めず、だんだん嫌気《いやけ》がさしてくる。

その時、不意にある噂話が聞こえてきて、思わずページを捲る手を止めた。

「そういえばさ、斎藤さん、男とデートしていたらしいよ」

「まじ？」

「色んな人が言ってるし本当っぽい。初詣《はつもうで》で二人でいるの見たって」

「まじかよ。相手は？」

「暗くてはっきりと誰かは分からなかったって。斎藤さんの方も周りから注目浴びてたから気付いたって言ってたし」

クラスの男子二人の何気ない会話に冷《ひ》や汗《あせ》が止まらない。一応人目を避《さ》けるために人が少ない神社に行ったとはいえ、やはり完全に隠しきることは出来なかったらしい。

あの斎藤の注目の浴び様を考えれば、見られたのは仕方ないかもしれない。唯一《ゆいいつ》の救いは相手が自分だとばれていないことか。まさか、学校で知り合いが少ないことが役に立つとは。

よく耳を澄ましてみると、かなり噂は広がっているらしい。他にも何人か同じような話をしている声が耳に届く。しばらくはこの話題が続くだろう。今のところはただの好奇心といった感じだが、前の時のようにならないよう一応は気を付けておくとしよう。

決意を新たに胸に秘《ひ》めると、隣の空いていた席にストンと座る気配がした。

「やぁ、湊《みなと》。久しぶり」

「和樹《かずき》か。久しぶりだな」

にこにこと柔和《にゅうわ》な笑《え》みを浮《う》かべて、何か言いたげな様子だ。

「どうかしたか？」

「いやー、斎藤さん、凄《すご》い噂だね」

「まあ、目立つ奴《やつ》だからな。それに恋愛《れんあい》ネタとなれば、話題にも上るだろ」

「他人事みたいに語ってるけど、相手、湊でしょ？　いつの間にデートをする仲になったんだい？」

片方の口角を上げて、にやりとからかう笑みを作る。相手が俺だと確信しているらしい。

「おい、勝手に話を進めるな。相手が俺じゃない可能性もあるだろ」

「えー、じゃあ、違《ちが》うの？」

心の内を見透《みす》かすような視線。じっと見つめられるころに耐《た》え切れず、一息吐いた。

「……いや、当たってる」

「ほら、やっぱり！」

食い気味に和樹の目がきらりと輝いた。自分の予想が正しかったことに納得《なっとく》するように、うんうんと頷きながら俺の肩をぱしぱし叩《たた》いてくる。

「バレバレなんだから素直《すなお》に認めればいいのに。ほんと、湊は素直じゃないなー」

「お前のそういうところが原因だからな？」

俺だって事情を知っている相手に隠すつもりはない。それでも素直に認めたくないのは、和樹が大体からかうネタとして弄《いじ》ってくることが目に見えているからだ。

叩いてくる手を振り払ってにらみつける。だが和樹はけろっとしていた。ちょっとは気にしろ。

「それでどうして初詣に行くことになったんだい？　まさか斎藤さんから誘われたわけではないんでしょ？」

「そのまさかだよ」

「え？」

目をぱちくりとさせて固まる和樹。珍しく笑みの仮面がはがれている。余程《よほど》意外なのだろう。俺だって未《いま》だに信じられない気持ちもある。

「だから向こうからだよ。俺に誘う勇気なんてものはない」

「情けないこと、そんなに堂々と言わないでくれる？」

呆れた視線と共に小さく息を吐かれる。

「まあ、二人の仲がそれだけ進んでいることは分かったよ。そんなに仲良くなっているなら、そろそろ湊も斎藤さんのこと好きになっちゃったんじゃないの？」

にやりと微笑んでからかう態勢を整える和樹。俺が否定するのを期待して言うのだろう。だが、これ以上意地を張ったところでバレるのは目に見えているし、一応これでも和樹はモテるので力にもなってくれるはず。そう思って半ば誤魔化すのを諦《あきら》めながら打ち明けた。

「ああ、実はそうなんだ」

「うんうん。湊が素直に認めるわけ……え？　え!?」

ガタンッと大きな音を立てて和樹が勢いよく立ち上がる。周りの視線が何事かと一気にこっちを向いた。

「おい、落ち着け。目立ってるからとりあえず座ってくれ」

「え？　あ、ごめん」

静かに座り直すのを見て、クラスメイト達がそれぞれの会話に戻《もど》っていく。

周りの視線が消えたところで、和樹は顔を寄せて小声で囁《ささや》いてきた。

「ほ、本当に斎藤さんのことが好きなのかい？」

「だから、そう言ってるだろ。そんなに驚くところか？」

「いや、だってあの強情《ごうじょう》な湊が素直に認めるなんて思ってなかったから。意地を張って認めない姿を見て楽しむ計画が……」

「それが分かってるから認めたんだよ。お前の玩具《おもちゃ》になってたまるか。それに、和樹が驚く新鮮な姿も見られたしな。いい気分だ」

なかなかの反応を見せてくれたのでかなり満足している。

いつもからかわれている意趣返《いしゅがえ》しにもなった。和樹のからかう笑みを真似《まね》て見せつけてやると、和樹は不満そうに唇を尖《とが》らせる。

「……ほんと、湊も良い性格してるね」

「お前ほどじゃない」

和樹がいつも弄ってくるからやり返しただけであって、俺の性格が悪いわけではない。

……と思いたい。和樹の性格の影響《えいきょう》もありそうだ。

「それで、好きになったことを認めたってことは告白するのかい？」

「まさか。するつもりなんて毛頭ない」

「どうしてさ」

「向こうが自分のことを友人だと思っているからに決まってるだろ。脈なしで告白するほど馬鹿《ばか》じゃない。それに貴重な本友達だしな」

「何言ってるのさ。初詣に二人で出かけてるのに、どう考えたら特別じゃないと思うわけ？」

はぁ、と分かりやすくため息を吐《つ》いて肩を落とす和樹。

「まあ、多少特別に思われてるのは分かってるよ。ただそれは斎藤がそもそもに親しくする友人を持たないからであって、そこに恋愛感情はない」

「せっかく湊が素直になったと思ったのに、強情だねー」

「勝手に言ってろ。わざわざ今の関係を壊《こわ》してまで関係を進めたいとは思ってないからな」

「ふーん、ちなみに向こうが脈ありだったらどうする？」

「は？　そんなことはありえないって今言っただろ」

「仮定の話だって」

「……まぁ、そのときは頑張《がんば》るさ」

斎藤が自分を好いてくれている。そんな勝手な未来をつい想像してしまう。

随分《ずいぶん》と都合の良い仮定だと思うが、もしその時が来たなら関係を進めるためにも積極的に行くとしよう。

好きな人に自分のことを意識して欲しいと思うのは、普通《ふつう》のはず。上手くいくかは分からないが、出来るだけのことはやる。

その時の光景を思い浮かべ、僅かに羞恥《しゅうち》がこみ上げる。動揺が顔に出ないように頷くと、和樹が何か思いついたようで瞳をきらりと輝かせた。

「ほほう。なるほどね」

「なんだよ」

「正直、湊の話を聞いていると完全に脈ありだとしか思えないんだけど、それでも湊は認めないんでしょ？」

「当たり前だ。俺と斎藤が普段《ふだん》どんな感じなのか見てないから、そんな勘違いをするんだよ」

「じゃあさ、今度二人が図書館で会うときに僕《ぼく》も混ぜてよ」

「……断る」

斎藤と会わせたところで碌《ろく》なことにならない。確実にからかう気満々だろう。俺だけならいいが、斎藤にまで迷惑を被《こうむ》らせるわけにはいかない。そもそも斎藤が苦手な異性と会うかも疑問だ。わざわざ会わせる意味が見出《みいだ》せなかった。

「そんな無下にしないでよ。斎藤さんを助けるの手助けしたんだから、このぐらいのお願いはいいじゃん」

「お前、ここでそれを持ち出すかよ」

「それにさ」

「それに？」

「直接斎藤さんと会って、湊に好意を抱《いだ》いていると僕が感じたら、信用できるでしょ？」

「それは……」

確かに和樹から見てそう思うのであれば信頼《しんらい》できる。

恋愛に不慣れな自分よりも、和樹のような好意に慣れている奴の方が気付くことも多いだろう。客観的に第三者の視点から見て分かるのなら可能性は高い。

「斎藤さんからの好意、知りたくない？　直接話せるなら僕からも探《さぐ》り入れられるし、確実だよ？」

「……分かった。ただ斎藤が会うって言ったらだぞ？」

「ふふふ、湊ならそう言ってくれると思ったよ」

和樹の思い通りに進められているのは分かっている。

それでも、和樹の提案は魅力的《みりょくてき》だった。

今の状態で自分からどうこうするほどの勇気はないが、向こうが自分のことをどう思っているのか気にならないわけがない。勝手に期待しているだけなのだが、少しでも可能性があるならどうしても考えてしまう。斎藤が俺のことを好いてくれているのなら、と。

もちろん可能性は低いだろうが。それを知れる絶好の機会とあれば、頷かずにはいられなかった。

「いやー、楽しみだなー。まさか湊が冬休みの間に自分の気持ちを自覚するほどまでになってるなんて思わなかったよ」

「まあ、色々あったからな」

「あ、色々といえば、年明けに湊のバイト先に行ったとき、柊《ひいらぎ》さんとちょこっと話したんだよね」

「ああ。なんか話してたよな。何話したんだ？」

あの時は仕事中だったのであまり和樹と話すことはなかった。それこそ入店したときぐらいだろう。その後は主に柊さんが対応していたのを覚えている。

「湊がお世話になってるって言ってたから、そのあたりの話をしたぐらいかなー」

「本当か？」

「そんなに信用ない？」

わざとらしく困り顔を見せてくるが、そんなものは効かない。

「日頃《ひごろ》のお前の振る舞いを考えてみろ」

「えー？　ちょこっとからかってるくらいじゃん？」

「そういうところだぞ？」

分かっているのか。分かっていないのか。和樹の柔和な笑みからは読み取れない。こういう掴《つか》みどころのない部分も苦手だ。

「本当に変なことは話してないんだな？」

「だからそう言ってるじゃん」

「まじか。てっきり『ご機嫌取《きげんと》りは、本を渡《わた》しておけば大丈夫』とか言っているものだとばかり……」

「酷《ひど》いなー。思っててもそこまでのことは言わないよ」

「おい？」

本当に和樹は変なことは話していないようで一先《ひとま》ずは安心だが、こいつが俺《おれ》のことをどう思っているのかは分かった。道理で何か追及《ついきゅう》しているとき、本を勧《すす》められることが多いわけだ。

「とりあえず俺について変なことを柊さんに吹き込んでないならいい」

「あはは、流石《さすが》にそんなことはしないよ。湊の大事な相談相手なんだから。それにしても、いつもどんなことを相談しているんだい？」

「んー、大体は斎藤のことだな」

「ふーん？」

何か興味を惹くことがあったのか、僅かに口角が上がる。

「たまに相談して、あとは大体斎藤の話だな。その日にあったこととか」

「なるほど。斎藤さんの話を柊さんにしていると」

「ああ、そうだな」

「ふふふ、そうか。そうなんだね。いやー、本当に会うのが楽しみになってきたよ」

にやにやと急に表情を緩めだす和樹。気持ち悪いし、意味が分からない。

時々こういうことがあるのだが、もう慣れているので放っておくとしよう。出会った頃《ころ》に比べて悪化しているのは気のせいだろうか？


放課後になり、斎藤の家に向かう。会うのは今朝ぶりだが、学校から向かうのはなかなか新鮮だ。ああ、確かこの道を通ってたな、とそんな感想が浮かぶ。

久しぶりの光景に懐《なつ》かしさを覚えつつ、右に曲がり、左に曲がり、進んでいくと、近づくにつれて昨日のことを思い出して、少し緊張《きんちょう》してきた。

昨日の斎藤は一体何だったんだろうか。急に隣《となり》に座《すわ》ってきた時の衝撃《しょうげき》は記憶《きおく》に新しい。

今朝、和樹の誘《さそ》いに乗って斎藤と会わせる約束をしてしまったが、その理由の一つは昨日の出来事があったからだ。俺の本を借りようとしてきたり、隣に座ってきたりと、斎藤は俺との距離《きょり》を縮めようとしているのではないだろうか？

別にそれらの行動がそれほど特別なことではないのは分かっている。俺が勝手に良いように解釈《かいしゃく》しているだけだということも。それでも淡《あわ》い期待をしてしまう自分がいた。もし、和樹を斎藤と会わせて、脈ありだと判断されたなら。その時は——。

昨日約束した俺のお気に入りの本はしっかり持ってきている。リュックに入っているのも学校を出るときに確認済み。気に入ってもらえるだろうか？

渡す本を用意して、玄関前《げんかんまえ》の呼《よ》び鈴《りん》を鳴らした。

「はい」

声と共に扉《とびら》が開く。出てきたのは制服姿の斎藤。相変わらずきっちり着こなしている。

「よう。昨日約束した本、持ってきた」

「本当ですか！　ありがとうございます。ここではなんですので中へどうぞ」

「え？」

奥への案内を示す斎藤の手を思わず見つめてしまう。もう冬休みは終わったので、それ以前と同じように玄関先で渡すだけだと勝手に思っていた。

「どうしました？　入らないんですか？」

「え、あ、いや、入っていいのか？　てっきり前みたいに戻るのかと」

「外は寒いじゃないですか。家の中なら寒さを気にせず田中くんと沢山《たくさん》話せますし。さあ、どうぞ」

「お、おう」

他意はない。斎藤に他意はないはず。ただ、本について語りたいだけで、俺個人と話したいという意味ではない。分かってはいるが振り回されてしまう。動揺を抑《おさ》えきれないまま、斎藤の後に続いた。

「お茶の用意をしますので、座っていてください」

「ああ、分かった。ありがとう」

冬休みと変わらない、いつもの雰囲気の中、お湯を沸《わ》かすやかんの音が部屋に響《ひび》く。

「久しぶりの学校はどうでしたか？」

「特に変わったことはなかったな。いつも通り。朝起きるのに苦労したくらいだな」

「まったく、休みの間、きちんとした生活を送らなかったからですよ」

「本が俺を呼んで離さなかったんだ。俺は悪くない」

「もはや依存症《いそんしょう》では？」

「た、確かに。本が傍《そば》にないと落ち着かないが、これが依存症。そのうち幻覚《げんかく》を見始めるかも……」

「冗談《じょうだん》ですから。本気にしないでください」

「……はい」

キッチンからジト目の鋭《するど》い視線が届いた。大人しくこくこくと首を縦に振る。美人が睨《にら》むと普通の人の何倍も迫力《はくりょく》がある。正直、ちょっと怖《こわ》かった。

時計の針の音を何度も聞きながら待っていると、だんだんと部屋の暖かさに冷えた肌《はだ》が温《ぬく》くなっていく。

ぽかぽかとした空気に安らぎながら、ぼんやりとしながら体をソファに沈《しず》めた。

「お待たせしました」

淹《い》れたお茶をテーブルにコトンと置く。俺の前と、そして隣に。置き終えて、斎藤は昨日と同じく隣に座ってきた。二度目とあっては反応もしてしまう。思わず斎藤に視線を送る。

「なんですか?」

ツンと素っ気ない声で微《かす》かに目を細めて睨んでくる。触《ふ》れるな、暗にそう言われた気がした。

だが、流石に聞かずにはいられなかった。二日連続ということは偶然《ぐうぜん》ではないだろう。わざわざ隣に座ってくる。その真意が気にならないわけがない。

「い、いや、隣に座るから……」

「隣はダメなんですか？」

「べ、別にいいけど」

「じゃあ、いいでしょう」

強い口調で言われてしまえば、特に断る理由もないので承諾《しょうだく》するしかない。俺の了承を聞いた彼女《かのじょ》はぷいっと俺から視線を切り、澄《す》まし顔《がお》で本を開いて読み始めた。

彼女の突然《とつぜん》の行動にわけが分からず戸惑《とまど》うしかない。一体どうしたんだ、ともう一度彼女の様子を窺うが特に変わったところはない。いつも通り少しだけ表情を緩めて、楽しそうに本を読んでいた。

一体何のつもりなのか。結局理由は聞けていない。斎藤のあの感じだとこれ以上触れるのは悪手だろう。気にはなりつつも、心のうちに押し込《こ》める。

だが、そうしたところで知りたい気持ちが無くなりはしない。偶然でないとするなら、尚更《なおさら》自分の都合のいい方向に期待してしまう。本当に斎藤は何を考えているのだろう？

隣というのはどうしても意識してしまう。意識するなと言われても難しい。好きな人が相手ならなおさらだ。日頃の距離とは比べ物にならないほど近いし、そう簡単に慣れるものではない。

向かい合っている時は感じなかった甘《あま》いフローラルな香《かお》りが、強く斎藤を女子なのだと主張してくるし、すぐ手を伸《の》ばせば触れられるところに彼女がいるというのはどうにも心臓に悪い。邪《よこしま》な気持ちも湧《わ》きそうだ。

それに加えて今までならそこまで気にしなかったが、彼女を異性として意識している今だと、隣というのは距離感が近く、どうしても注意がそちらに向いた。

気になるあまり彼女の様子を見てみたくなり、ついちらっと視線を隣へ向ける。すると彼女もこちらを向いていて、ぱちりと目が合った。

「どうしました？」

「いや、なんとなく……」

慌《あわ》ててパッと目を逸《そ》らすが、見ていたことがバレたことに動揺してしまう。

自分でもよく分からないが、気付かれたことが無性《むしょう》に恥《は》ずかしかった。だんだんと頬に熱が篭《こも》り始め、かあっと顔が熱くなるのを感じた。

「……そうですか」

斎藤は少しだけ驚いたように目を丸くしたあと、表情を柔らかくしてクスッと微笑《ほほえ》む。

大方急に目が合って慌てた俺が意外で面白《おもしろ》かったのだろう。にょによと口元を緩めて嬉《うれ》しそうにはにかんで見つめてくる。

「何笑ってんだよ」

「いいえ？　何でもないですよ？」

笑われたことがなんだか癪《しゃく》で強めに言うが、からかうような少し小悪魔《こあくま》的な笑みを浮かべて笑うのを止《や》めようとしない。

その態度が少し悔《くや》しかったが、彼女の柔らかい笑顔に仕返す気にはなれなかった。はぁ、一息吐いて気持ちを落ち着かせる。ふと、一番大事な用事を思い出した。

「忘れてた。これ、昨日約束した本」

「わぁ、ありがとうございます」

余程期待してくれているらしい。本を受け取ると、顔をぱぁっと輝かせて表紙を眺める。いつになく表情が綻び華やぐ。

「どういう本なんですか」

「ファンタジー系の話。王道の冒険《ぼうけん》ものだよ。小さいころから読んできたから俺の人生と言ってもいいな」

「なるほど。これが田中くんの人生ですか。これを読めば田中くんのすべてが丸裸《まるはだか》に」

「いや、そういう意味じゃないからな？」

真面目《まじめ》な顔で恐ろしいことを呟《つぶや》く斎藤。一体そんなことを知って何に使うつもりなのか。本にそんな機能はない。

「お気に召《め》すかは分からないが、まあ、読んでみてくれ」

「はい。楽しみに読ませてもらいますね」

ぱらぱらとページを捲《めく》り、中身を確認《かくにん》している。自分が好きな本だ。ぜひとも気に入ってもらえるといいのだが。ひとしきり中身の確認を終えると、テーブルに置いた。

「随分楽しそうだな」

「はい。昨日お願いしてから楽しみで仕方ありませんでした」

「そうか。元気そうで安心した。冬休み前の噂の方は大丈夫だった?」

「はい。そっちの方はおかげさまで。……新しい噂もありましたが、今のところ実害はないですし」

やはりあれだけ広まっていたので、本人にも伝わっていたらしい。斎藤の澄ました表情から察すると、特に気にしていないそうだが。のんびりお茶を飲んでいる。

「初詣の話、色々聞かれたりしたのか?」

「それなりには。『相手が誰《だれ》か』とか『いつから仲がいいのか』とか。きっぱり勘違いと否定しておきましたので安心してください」

「そ、そうか……」

斎藤からすれば、俺が注目を浴びるのが苦手なのを知っていて、迷惑をかけないために否定したのだろう。それは分かる。否定すればそれ以上つっこまれることはなくなるのだから。これまでの俺ならその対応で納得していた。

だが、どうしてか今は、きっぱり否定されると、まるで自分との関係が全部消されているようで嫌《いや》だった。

その気持ちが顔に出てしまったようで、不思議そうにこてんと首を傾《かし》げる。

「どうしました？」

「そ、そこまで否定しなくてもいいんじゃないか？」

「え、それって……」

「あ、いや、はっきり否定したら逆に本当みたいになるかもしれないしさ」

「そういうことですか」

つい本音を漏《も》らしてしまったが、斎藤は、ふむ、と軽くうなずく。

「確かに一理ありますね。では、これからは否定も肯定《こうてい》もしない感じでいくとします」

「あ、ああ。そうしてくれ」

なんとか誤魔化《ごまか》せたようでほっと胸を撫《な》でおろす。危ない危ない。どうにも自分の気持ちに振り回されている。斎藤にバレるわけにはいかないのだ。気を付けないと。

慣れない自分の感情に小さくため息が出た。

「実はその噂関連で、俺と斎藤の関係を知ってる友達が斎藤と話したいって今日言われた」

「田中くんに……友達……」

「おい『本以外に友達なんていたんだ』みたいな顔するな」

「っ!?」

「いや、顔に出てるから。これでも一応友達くらいいるって」

「それはすみません。『本が友達だから、俺は人気者だ』みたいなこと考えてると思ってました」

さらりと失礼なことを言ってくる。相変わらずの毒舌《どくぜつ》。でも、ちょっと考えた。当たってるから余計に悔しい。

「和樹って名前なんだが、知ってるか？」

「はい。一ノ瀬《いちのせ》さんはとても有名な方ですから。時々田中くんと一緒《いっしょ》にいる人ですよね？」

「ああ。冬休み前のあの時には助けてもらったし、一応会ってみてくれないか？」

「いいですよ。田中くんと仲の良い人なら悪い人ではないでしょうし」

「まあ、悪い奴ではない」

基本的には優《やさ》しい奴だし、力も貸してくれることもあるから良い奴なのは間違《まちが》いないだろう。

あれでからかいを楽しむことがなければ言うこと無しなんだが。あの性格の悪さはどうにかならないだろうか？　今回の機会も嫌な予感しかしない。

「一体私の何の話を聞きたいんでしょう？」

「俺が仲良くしている女子が珍《めずら》しいから話してみたいだけだと思うぞ。まあ、適当に話してくれればいいから」

「いつ頃《ごろ》がいいんでしょう？　明日、明後日は予定があるのですが」

「それなら三日後でいいか？　和樹はいつでも合わせるって言っていたし」

「分かりました。ふふふ、話すのが楽しみです」

笑みを浮かべた斎藤の表情は明るい。男子が苦手な斎藤にしては珍しく、本当に楽しみなようである。

「頼《たの》んでおいてあれだけど、そんなに楽しみなのか？」

「もちろんです。日頃、仲良くされているということは、きっと田中くんの読書趣味《しゅみ》に付き合わされて苦労しているでしょう。私と同じ苦労をしている者同士。仲良くなれるに違いありません」

「俺の扱《あつか》い、酷くないか？」

確かに本が大好きなせいでつい大げさな表現を使いがちだが、一応分別をもって過ごしてきたはずなのに。呆れられることも一日一回くらいだし、そこまで言われるほど酷くはないと思う。斎藤との仲は深まっているのを感じているが、まだまだ遠い。

「普段の田中くんの言動を考えれば当然の報《むく》いです。これからは少しは自重することですね」

「……分かったよ」

「とにかく田中くんのことをよく知っている人と話せる機会はあまりないので楽しみです。田中くんの秘密を聞き出してくる予定ですので覚悟《かくご》しておいてください」

「ほどほどにしてくれよ」

想像以上に快く引き受けてくれたことはありがたかったが、本当に大丈夫《だいじょうぶ》だろうか？

予想以上に斎藤が乗り気でだんだん恐《おそ》ろしくなってきた。出会わせてはいけない二人を出会わせてしまうのではないだろうか？

ぱっちりとした瞳《ひとみ》をきらきらと輝《かがや》かせる斎藤に、一抹《いちまつ》の不安がぬぐえなかった。

第三章　バイト先での大事件

斎藤《さいとう》と和樹《かずき》の約束を取り付けた翌日。斎藤は用事があるということだったが、自分もバイトのシフトが入っていたので丁度よかった。

相変わらず忙《いそが》しいが、柊《ひいらぎ》さんが上手《うま》くさばいてくれているので何とかなっている。入ってきた新しいお客さんを案内していると、ちょうど料理を運んでいる柊さんとすれ違う。ポニーテールの髪《かみ》が忙しそうに跳《は》ねていた。

店内に入店を告げる電子音が鳴り響く。お客さんの声々が騒々《そうぞう》しく賑わう。既に混雑した店の中にさらにまたお客さんが増えて、俺は入り口に向かった。

「いらっしゃいませ。二名様でよろしかったでしょうか」

来店してきたのは女性二人組。二人とも私服に身を包んでいる。一人は肩《かた》より長い黒髪《くろかみ》を下ろして、耳には深紅《しんく》のイヤリングが小さく揺《ゆ》れている。もう一人は以前のロングとは違い、首程までの長さの明るい茶髪《ちゃぱつ》で、パーマをかけているのかふわふわとしていた。

黒髪の女性はいつも通りの格好だが、茶髪の方の女性が髪を短くしたようで今日ぱっと見たとき本人であることが分からなかった。

気のせいかもしれないが、いつも以上に着飾《きかざ》っている気もする。

どうやらまた来てくれたらしい。前回来た時には気まずい思いをさせてしまったが、来てくれてよかった。名前は知らないが何となく安堵《あんど》する。向こうも覚えていたみたいで、茶髪の女性がぺこりと頭を下げた。

「この前はありがとうございました」

「いえ。気にしないでください。席にご案内しますね」

本当に気にする必要はない。あの後、俺は既《すで》に一枚皿を割っているし。俺のことは忘れてあとは二人で食事を楽しんでほしい。席に案内しようと背を向けると呼びかけられた。

「あの……」

「はい。どうかしました？」

振《ふ》り向くと、茶髪の女性の方が何か言いたいようで、口元が動いている。一体どうしたのだろうか？

「ちょっと、言うのは最後にするって話だったでしょ」

隣の黒髪の女性のひそひそと囁く声が聞こえる。それに対して茶髪の女性がこくりと頷《うなず》く。黒髪の女性がこちらを見た。

「ごめんなさい。何でもないです。案内してもらえますか？」

「？　分かりました」

何か伝えたかったみたいだが、茶髪の女性は何も言わないので気にする必要はないだろう。疑問を頭の片隅《かたすみ》に追いやって席に案内した。

常連さんと話して少し和《なご》んだが、業務は相変わらず忙しくすぐに引き締《し》め直す。やることはいくらでもある。あっちに運び、こっちを片付けて。時折お客さんに呼ばれて応対する。慣れていても忙しい。

「田中《たなか》さん。三番卓《たく》の注文お願いします」

「次はこれを五番に運んでください」

「お客さん待たせているのでレジを」

柊さんに指示されてその通りに動く。特に柊さんが責任者になっているわけではないが、相変わらず凄い。自分の仕事をしながら周りまで動かしている。さぼるとすぐにばれるのでこっちもきちんとやらないといけない。

どうしてさぼるとばれるのを知っているかだって？　勿論《もちろん》過去に怒《おこ》られたからである。あの時の柊さんは本当に怖かった……。あんな恐怖《きょうふ》はもう味わいたくない。二度とさぼるものか。

指示通りの仕事を終えたところで、またすぐに別の仕事が入ってくる。本当に一息つく暇《ひま》もない。しばらくそんな作業が続いた。

既に開店してから二時間が経過したがまだまだお客さんの波は途絶《とだ》えてくれない。新たに来店したお客さんの案内を終えると、今度はレジの方から声が飛んできた。

「すいませーん」

「はい。今、伺《うかが》います」

レジに顔を向けると、先ほど対応した常連客の女性二人。財布《さいふ》を出して親しく何かを話している。

「すいません。お待たせしました」

伝票を受け取り、レジに入力していく。打ち間違いがないように気を付けないと。

目の前で会計を待つ二人だが、茶髪の女性の姿にやはり慣れない。いつもはもう少しラフな格好なので、デートにでも出かけるのかもしれない。少しだけ新鮮《しんせん》な気分を味わいながら会計を終えた。

「ありがとうございました」

お会計を終えお釣《つ》りを手渡《てわた》す。茶髪の女性はぺこりと頭を下げて受け取ってくれた。

本来はこれで終わりのはずなのだが、なぜか茶髪の女性は動かない。手のひらにのっている硬貨《こうか》をじっと見つめて俯《うつむ》いている。

「どうかしましたか？」

何か不手際《ふてぎわ》でもあっただろうか？　お釣りを間違えたかと思ったが、頭の中で計算してみれば確かに合っている。

俺の声掛《こえか》けに僅《わず》かに顔を上げたことで、隠《かく》れていた綺麗《きれい》な顔が現れた。見えた白い頬《ほお》はうっすら桃色《ももいろ》に色付き、その下でグロスの塗《ぬ》られた唇《くちびる》が硬《かた》く結ばれている。

「ほら、聞きなよ」

ぽん、と軽く後ろの黒髪の女性が背中に触れる。それが勢いとなったように、茶髪の女性は小さく口を開いた。

「あの……連絡先《れんらくさき》教えてもらえませんか？　ずっと前からあなたのことをいいなって思っていて」

「……え？」

頭の中が真っ白になる。一瞬《いっしゅん》、何を言われたのか分からなかった。あまりに予想外の展開。こんなことが自分に起こるとは。

彼女の言葉を何度も咀嚼《そしゃく》してようやくその意味を理解した。

「え、えっと……」

上手く言葉が思い浮《う》かばない。和樹だったらもっとスマートに対応しているだろう。知らない異性に連絡先を聞かれた経験なんてあるはずもなく、一体どう対応するべきなのか。目の前の女性は今も恥ずかしそうに目を伏《ふ》せて待っている。その様子は真剣《しんけん》そのものでからかっているわけではないはず。どうして連絡先を聞かれたのか、その意味が分かっているからこそ上手い返し方が思い浮かばない。

頬を掻《か》きながら言葉を選んでいると、戸惑う俺に気付いたのか、後ろの黒髪の女性が俺と彼女の間を取り持ってくれた。

「突然話しかけてすみません。でも、決してふざけているわけではなくて、この子真剣なんです。急に言われて困るのも分かるんですけど、交換《こうかん》してあげてもらえませんか？」

いい人なのだろう。友達のために真摯《しんし》にこっちを見つめてくる視線が凄《すご》く申し訳なくなる。隣で返事を待つ彼女の顔にもうっすら期待が浮かんで見えて、連絡先ぐらいならいいんじゃないか？　なんて考えが脳裏《のうり》を過《よぎ》った。

だが、すぐに振り払《はら》う。その選択《せんたく》は誰にもいい結果にならないのは目に見えている。

彼女の行動の意味を理解しているなら、そんな曖昧《あいまい》な態度は最悪だ。誠実に向き合うことこそが、俺に出来る最善の行動だろう。たとえそれが一時的とはいえ彼女を傷つけることになったとしても。真っすぐに彼女を見つめる。

「すみません。気持ちはありがたいのですが……」

口にした瞬間《しゅんかん》、彼女の顔が僅かに歪《ゆが》む。きゅうっと苦しそうに唇が強く結ばれて、自分のした意味をこれでもかと突《つ》きつけられる。申し訳なさ、罪悪感が一気に襲《おそ》う。

茶髪の彼女は、耐《た》え切れなくなったように顔を伏せた。

「……どうしてもだめですか？」

「ごめん。好きな人がいるから」

苦しい気持ちを押《お》し込めて、冷徹《れいてつ》に淡々《たんたん》と告げる。茶髪の彼女は胸にあった手をだらんと下ろして、小さく「分かりました」と囁《ささや》いた。そのまま黒髪の女性に力が抜《ぬ》けた体を支えられて去っていく。

お店を出る直前に黒髪の女性がぺこりと軽く会釈《えしゃく》したのが、やけに印象に残った。

「……はぁ」

一息吐《つ》いた途端《とたん》、店内の騒々しさが一気に戻《もど》る。いつもの現実に戻ったような感覚。それほどまでにさっき自分に起きたことが非現実的だった。

いつから好意を寄せられていたのだろう。学校の時とは違《ちが》って身なりに気を遣《つか》っているのである程度まともになっている自覚はあったが、こんなことになるとは思ってもいなかった。

初めての異性からの告白。それを断る大変さ。相手を自分の都合で傷つけなければならない覚悟。どれも想像以上に重く苦しい。斎藤の苦労とはまた違うのかもしれないが、その一端《いったん》に触れた気がする。斎藤はこういう経験を沢山してきたのかもしれない。

俺にもいつか斎藤に告白する時が来るのだろうか。今はまだこの関係に満足しているけれど、この関係を壊《こわ》す覚悟が出来ることなんてあるのだろうか。彼女はどれほどの覚悟をもって話しかけてくれたのだろう。

もう一度だけ深く空気を吸って、バイトの仕事に戻った。


夜も深まり、ようやくお客さんの数が減ってきた。

注文もひとまずは止《や》んだことで、一息吐ける。ちょうど柊さんが皿洗いをしている姿が映った。

「手伝います」

「ありがとうございます」

柊さんの隣に並んで、洗う前の食器類を整理していく。お客さんを待たせないことに注力していたので、洗い物はかなり多い。サラダボウルに肉用の皿。箸《はし》にスプーン、ナイフまで大小さまざまな食器類が積まれている。

「先ほど女性の方二人と何か話していたようですが、お知り合いだったんですか？」

「いえ。よく来るお客さんなので顔は知っていましたが、話したのは初めてです」

「何を話していたんです？」

「実は連絡先を聞かれて……」

「連絡先？」

皿を洗いながらこっちを向くと、不思議そうにこてんと首を傾げた。行動の意味が分からないのだろうか？

傾げたまま目をぱちぱちと瞬《まばた》かせ、それから一気に目を丸くした。

「えっ!?　連絡先ですか!?」

洗っていた皿を滑《すべ》らせてカチャンッと音が響く。

「あ、えっと、すみません。連絡先を聞かれたっていうのは、もしかして……」

「はい。向こうが自分のことを気になってくれていたみたいです」

「やっぱり、そういうことですか。いつも来てくれている方ですよね？」

「そうですね。よく来る二人組の彼女《かのじょ》たちです」

「なるほど……」

柊さんは前に向き直り洗い場に落としてしまった皿をもう一度拾い上げる。皿についていた泡《あわ》がぽたぽたと垂れ落ちる。どうやら割れてはいないようだ。

今度こそ念入りに洗っているのを横目で見ながら自分も黙々《もくもく》と作業を進める。

「……交換したんですか？」

ぽつりと柊さんが呟く声が聞こえた。

顔を伏せた状態で皿を洗っているのではっきりとは見えない。柊さんの動きに合わせて揺れる髪が見えるのみ。

「いいえ、しませんでしたよ」

「ほんとですか？」

「当たり前です。他に好きな人がいるのに、相手に気を持たせるような行動をするのは良くないですから」

柊さんの動かしていた手がぴたりと止まる。皿を持ち上げたまま固まった。

「どうしました？」

「い、いえ、そういうのは大事だと思いますよ」

いそいそと止まっていた手を動かし、せわしなく皿を磨《みが》き始める。きゅっ、きゅっと機嫌の良い音がキッチンに響く。

「本当に例の彼女さんのこと大好きなんですね」

「勝手に自分が想《おも》ってるだけですから、ただの気持ちの押し付けですけど」

「そんなことないですよ。そういう真面目に人と向き合うところにきっと彼女さんも惹《ひ》かれているはずです」

「だと良《い》いんですけどね」

向こうが自分をどう考えているのか。以前なら「友達」と断言できたが、最近の斎藤を見ているといまいち自信が持てない。隣に座ってきたり、触れてきたりで、微妙《びみょう》に積極的になっているのは気のせいだろうか？

ただ、俺自身の好意のせいで都合よく考えているような気もする。

「でも、せっかくの機会だったのに断って良かったんですか？」

「誰でも良いわけではないですから。好きな人だから良いんです」

「な、なるほど。いい考え方だと思います。田中さんはそのまま彼女さんのことだけを考えてください」

「もちろん、そのつもりです」

しっかり頷くと、柊さんは満足したような明るい表情で皿洗いに精を出していった。ほんの微かに鼻歌まで聞こえた気がしたのは気のせいだろうか？

「ご来店ありがとうございました。またお越《こ》しくださいませ」

お店に残っていた最後のお客さんが出ていくのを見届ける。

ようやく閉店時間になり一息吐く。長い長い一日だった。今日は色々なことがありすぎた。疲労困憊《ひろうこんぱい》で今すぐベッドに飛び込みたい。

だが、まだ締め作業が残っている。重い体をなんとか動かして、片付けを進めていく。食器を洗い場に持っていくと、キッチンで作業している店長がいた。

「あら、田中くん。丁度よかった。新作の味見をしない？　今度出そうと思っているんだけど、感想を聞かせて欲《ほ》しいの。ついでだし柊ちゃんにも声をかけてくれる？」

「いいですね。分かりました」

新作のメニューか。店長が作る料理は絶品なので期待大だ。以前にも何度か試食させてもらったが、どれも美味《おい》しかった。

ちらっと店長の手元に置かれた皿を見る。なにやらクリーム系のパスタが盛り付けされていた。見た目だけで既に美味しそう。

店長の料理に浮足《うきあし》立ちながら柊さんを呼びにホールに戻る。柊さんは各卓の拭《ふ》き掃除《そうじ》をしていた。丁寧《ていねい》に磨くたび、結ばれたポニーテールの毛先がぴょこぴょこ揺れる。

「柊さん。ちょっといいですか」

「あれ、どうしました？」

「店長が新作メニューの味見しないかって」

「新作ですか！　食べます。食べます」

瞳を輝かせると、布巾《ふきん》を机に置いてそそくさとキッチンに向かいだす。柊さんも店長の料理が大好きらしい。軽い足取りがそれを物語っている。

「あれ？　二人してどこ行くんですか？」

レジ締めをしていたはずの舞《まい》さんがひょこっと通路に顔を出した。

「店長が新作の試食しないかって。舞さんも行く？」

「もちろんです。二人で抜け駆《が》けはさせませんよ」

「抜け駆けって……」

料理の一つくらい別にいいだろうに。それに店長の手料理なんて、家で出ているんだから俺《おれ》よりずっと沢山食べているはず。

舞さんは持っていたレシートの山を机の上に勢いよく置く。雑な置き方にレシートの束は崩《くず》れ、机の上に広がった。

「あのさ、そんな雑に置いていいの？」

「大丈夫です。未来の私が片付けますから！　今はそれより新作ですよ。さあ、行きましよう」

直す気はないようで、俺と柊さんの先頭をきってキッチンへと進みだす。うん、絶対その考え方は身を亡《ほろ》ぼすに違いない。

今度こそ、キッチンに戻ったところで、店長が呆《あき》れてため息を吐いた。

「舞。なんであんたまで来てるの？」

「私を除《の》け者《もの》にするなんて酷《ひど》いよ、お母さん」

「あんたは、昨日食べたじゃない」

「そ、それは……」

言い淀《よど》む舞さん。人に抜け駆けは許さないと言っておきながら、自分の方が抜け駆けしていたらしい。ブーメランもいいとこだ。

「い、いいでしょ。二回食べたって」

「私はそれでいいけど、二人はいいの？」

店長が俺と柊さんに目配せする。舞さんが図々《ずうずう》しいのは今更《いまさら》だ。

「全然いいですよ」

「私も構わないです」

試食程度で別に断る理由もない。舞さんが食べたがるのもそれだけ美味しいからだろうし。

柊さんと一緒に頷けば、舞さんは「せ、先輩《せんぱい》……」と感謝するように両手を組んで祈《いの》りを捧《ささ》げてくる。もっと感謝してくれ。

店長は大きくため息を吐いた。

「店長。今回の新作は何ですか？」

「サーモンとエビのクリームパスタよ。パスタにクリームが上手く絡《から》まるようにするのが難しくてね。でも先週やっと完成したの」

「サーモンとエビですか」

盛り付けられたパスタには鮭《さけ》の身と大きなエビのぷりぷりとした身がのっている。香りも良く、バイトで疲《つか》れた身体《からだ》であっても食欲が駆《か》り立てられる。

「さあ、食べてみて」

店長から渡《わた》されたフォークでくるくるとパスタを巻き取り、一口サイズの大きさにする。流石《さすが》こだわっただけあってクリームの絡まり具合もいい。見るだけでも凄い満足感だ。クリームが零《こぼ》れないように気を付けて口に入れた。

「んっ⁉」

口に入れた瞬間に広がるクリームの濃厚《のうこう》なうま味。そして後から鮭とエビの磯《いそ》の香りが鼻腔《びこう》を擽《くすぐ》る。

噛《か》めば噛むほどに具材のうま味がクリームと混じり合いさらに美味しくなる。食べ終えたあとにはほっと息が漏れ出た。

「どうかしら？」

「凄く美味しいです。絶対売れますよ」

「あら、ありがとう。気に入ってもらえたみたいね。柊ちゃんも食べてみて」

パスタのお皿を柊さんの方に寄せる。柊さんも俺と同じくもらっていたフォークで丁寧に麺《めん》を巻いていく。「いただきます」と小さく言ってふうふうと息を吹きかけ、左手を添《そ》えながらパスタを口に運んだ。

「ん～～！」

入れた瞬間、前髪《まえがみ》に隠れた双眸《そうぼう》が大きく見開かれる。そのままゆっくり口を動かすと、次第《しだい》に目がへにゃりと細められ、蕩《とろ》けるような笑《え》みが浮かぶ。

「ふふふ、柊ちゃんも気に入ったみたいね」

まだ口の中に残っているので話せないのか、無言のままこくこく頷く。なんとか必死に美味しさを伝えようとしている姿が面白い。もぐもぐと何度か口を動かしてようやく口を開いた。

「店長さん。とっても美味しいです！」

「ありがとう。そんな笑顔《えがお》で言われたら嬉しいわ」

柊さんの分かりやすい表情に店長は満足したようだ。これだけ美味しいなら人気メニューになるだろう。

「いいなー、私も食べさせてください！」

舞さんも我慢《がまん》できなくなったらしい。確かにこの味ならまた食べたくなるのも頷ける。

「田中先輩《せんぱい》。フォーク貸してください」

「ああ、いいけど」

言われるがままにフォークを渡す。舞さんは受け取ると、フォークを右手に構えた。あれ？　なにも考えず渡したが、ふとあることが脳裏を過る。これは間接キスになるのでは？

俺の考えを見透《みす》かしたように、丁度いいタイミングで舞さんはからかうような笑みを見せた。

「ふふふ、田中先輩。間接キスになっちゃいますね？」

確信犯なのか、今気付いただけなのかは分からないが、改めてそう言われると困る。止めるか迷ったところで、俺より先に柊さんの注意が飛んだ。

「ちょっと舞ちゃん？　田中くんには好きな人がいるんですから、そういうことはやめて

「ください」

　普段よりもさらに低い声。細められて瞳が鋭く光る。にっこり微笑んでいるのが逆に怖い。

「ね？　距離感《きょり》を測れる舞ちゃんなら分かりますよね？」

「は、はい。もちろんです」

冷《ひ》や汗《あせ》を浮かべた舞さんは激しく頷く。柊さんを見て、それから俺を見た。そっと貸したフォークを返してくる。

「ほんと、ちょっとした冗談《じょうだん》のつもりだったんですよ。柊先輩、貸してもらえませんか？」

「もちろん、いいですよ」

舞さんが柊さんからフォークを受け取ったところで、ようやく柊さんの雰囲気《ふんいき》が解《ほぐ》れる。やはり真面目な柊さんからすると間接キスは許せなかったらしい。舞さんは柊さんの態度が戻ったのを見て、引き攣《つ》った笑みからいつもの柔和《にゅうわ》な笑みに戻す。

「じゃあ、いただきます」

ぱくりとパスタを頬張《ほおば》ると、笑みを蕩けさせる。昨日食べたというのに、いい食べっぷりだ。もぐもぐ食べているところはどこか小動物っぽい。結局三人で分けて美味しくいただいた。

「あ、田中先輩。ちょっと待ってください」

締め作業も終わり、あとは着替《きか》えて帰るだけとなったところで、舞ちゃんに声を掛けられた。

「柊先輩も待ってください」

呼び止められた柊さんがこちらに寄ってくる。

「舞ちゃん、どうかしましたか？」

「実はお母さんから『三人でどこか行ってきな』って映画のチケットをもらったんですけど、一緒に行きませんか？」

ポケットから取り出した三枚の紙のチケットは、最近話題になっているミステリー映画のものだ。表側には映画のポスターと同じデザインがあるから間違いない。小説が原作なのだが、まだ読んだことがないので気になっていた。噂《うわさ》によるとかなり面白《おもしろ》いらしい。

「へー、それ実は気になっていたんだよね。行きたいな」

「私もぜひ行ってみたいです。あ、でもお金とか大丈夫ですか？」

「お金は全然いいですよ。お母さんのいつものお節介《せっかい》ですから気にしないでください」

なにやら気になるワードが聞こえてきた。

「お節介？」

「前に柊先輩には話したんですけど、実は田中先輩と柊先輩が良い感じなんじゃないかってお母さんが勘違《かんちが》いしているみたいなんです」

「え？　いやいや、柊さんと俺に限ってそれはないって」

あの店長は一体何を勘違いしているのか。道理で時々俺と柊さんが話しているときににやにやしていると思った。

和樹で鍛《きた》えられたおかげでにやけ顔には敏感《びんかん》なのだ。俺と柊さんの間に恋愛《れんあい》感情とか、あり得るわけがない。互《たが》いに別の好きな人がいるというのに。

「私もそう言っているんですけど、なかなか信じなくてですね。柊さんが恥《は》ずかしくて否定してるだけだと思っているみたいで」

「私しっかり否定したのに……」

ちょっぴり不満そうな声を零す柊さん。赤い唇が軽く尖《とが》る。どうやら前にも勘違いされたことがあるらしい。

「一体何でそんな勘違いを？」

「多分同年代のバイトの人がほとんどいなかったので、柊先輩が異性と話しているのがお母さんには新鮮に映ったんだと思います。以前はあまり話しやすい雰囲気でもなかったですし」

「あー、そういうことね」

出会った頃《ころ》の柊さんを思い出す。確かに最初は必要最低限のことしか話さないし、刺々《とげとげ》しい雰囲気もあり、なかなかやりにくかった。

あの状態が俺が来るまでの柊さんだというのなら、確かに今との変化を見れば勘違いをするかもしれない。本当のきっかけは柊さんが想い人という良い人に巡《めぐ》り合えたことだろうが。

「俺と柊さん、そんなに親しくしているように見えますかね？」

「私としては先輩二人が相談していることを知っているので何とも思いませんけど、知らない人がみれば勘繰《かんぐ》るのも分かりますね」

はっきりと言い切る舞さん。当人同士が違うと思っていても、周りが勝手に誤解してしまうこともある。今回は店長だったからまだいいけれど、もし斎藤に勘違いされたら……。

変な誤解を生まないためにもそれとなく話しておいたほうがいいかもしれない。それでもだめなら最終手段は会ってもらうしかない。会ってもらえば分かってくれるだろう。

「どうしたら店長さんに分かってもらえるんでしょう？　否定してもダメなんて」

「そこは私に任せてください。きちんと言い聞かせますから。それよりせっかくチケットもらったんですから、そっちを楽しみましょう！」

「そうですね。下手にこれ以上私が言っても効果はないでしょうし、舞ちゃんお願いします」

「任せてください！　ちゃんと柊先輩が学校の男子に初恋《はつこい》中だって教えておきます」

舞さんはつらつとした声と共に、びしっと右手でグッドサインを作る。凄い自信満々なのは伝わってくるのだが、なぜか不安だ。

「初々《ういうい》しい柊先輩の反応もしっかり伝えておきますね」

「あ、あの、伝えてくれるのはありがたいのですが、私の反応まで必要なんですか？」

「何を言っているんですか。説得力を持たせるのには大事なことなんです」

言っていることは確かなのだが、微妙に右の口角が上がっている舞さんを見ていると、からかって楽しんでいるようにしか見えない。

「……舞ちゃん、私で楽しんでません？」

同じ感想を抱《いだ》いた柊さんのジト目が舞さんに突き刺《さ》さる。

「やだなー。先輩をからかって楽しむわけないじゃないですか。信じてください」

「全然説得力がありません」

「なんでですか！」

「日頃《ひごろ》の行動を振り返ってください。これまで何回からかわれたことか」

「それは……」

溜めを作り、軽く俯く舞さん。もしかして何か事情が？

「柊先輩が大好きだからこそからかってしまうんです」

「小学生か！」

思わずつっこんでしまった。もう少しまともな言い訳を期待していた俺が馬鹿《ばか》だった。

これまでの舞さんを考えれば分かっていたことなのに。

舞さんのふざけた理由に柊さんはさらに視線を鋭くするかと思ったが、拍子抜《ひょうしぬ》けしたように目をぱちくりとさせていた。そして棘《とげ》が抜け、ほんのり頬に朱《しゅ》が差す。え？ ちょっと、柊さん？

「だ、大好きですか……。それなら仕方ないかもしれませんね」

「でしょう？ 柊先輩が好きすぎちゃうからなんです。ごめんなさい、先輩」

うるうると目を潤《うる》ませて、顔の前でお願いするように両手を組む舞さん。下から窺うように柊さんを見つめている。絶対媚《こ》びてる。

明らかに泣き落としなのは明確だが、柊さんは気まずそうに顔を顰《しか》めた。

「……分かりました。いいですよ。これから控《ひか》えてもらえるなら」

「本当ですか！　出来る限り控えるよう頑張《がんば》りますね」

柊さん、ちょろい子だった。「出来る限り」と保険をかけている時点で態度を変える気はないだろう。俺がよく和樹に使われた手段だ。

普段の警戒心《けいかいしん》はあんなに強いのに、舞さん相手だと甘《あま》すぎる。ほら、今も柊さんに見えないようにしながらにやけているし。絶対そういう態度だからからかわれているのだと思うのだが。そっと柊さんに耳打ちする。

「ちゃんと言わなくていいんですか？　絶対舞さんまたからかってきますよ？」

「でも、それも私のことが好きだっていうのなら仕方のないことなのかなって思うんです」

「柊さんが構わないって言うなら良いんですけど、舞さんに甘すぎですよ」

なんとなく舞さんが和樹に似ているように思えてならない。

あいつも調子にのらせるとすぐからかってくる。きっと柊さんもまた舞さんにからかわれる羽目になるだろう。そんな未来が見える。

「少し脱線《だっせん》しちゃいましたけど、会う日をいつにしますか？　柊先輩も田中先輩も今週の日曜日ならシフト入っていないみたいですけど」

「日曜日なら空いているから大丈夫《だいじょうぶ》だよ」

「私も大丈夫です」

「じゃあ、日曜日に駅前にしましょう。ふふふ、田中先輩。美少女二人で両手に花ですよ」

「はいはい」

「もう、もっと喜んでくださいよ」

不満そうに頬を膨《ふく》らませる舞さん。恨《うら》めしい視線が突き刺さるが、せめてもう少し人をからかうのを控えるようになってからにして欲しい。今のままでは気が気でない。出かけるなら落ち着いて出かけたい。こうして三人でのお出かけが決まった。

斎藤side

「じゃあ、今度こそお疲れ様です」

「日曜日はよろしくね」

田中くんと別れて女子更衣室《こういしつ》へと向かう。既に他のバイトの人は帰っていて舞ちゃんと二人きりだ。仕事の疲れが溜《た》まった体は気怠《けだる》く、早く帰って眠《ねむ》りたい。脱《ぬ》いだ制服をバッグに入れる。

「柊先輩、ほんとお母さんがお節介を焼いてすみません」

「仕方ないですし、全然いいですよ。田中さんも驚《おどろ》いただけで、特に迷惑《めいわく》が掛かっている様子もないですから。むしろチケットをもらってしまい申し訳ないくらいです」

しっかり否定したというのに、まだ店長、私と田中くんの仲を勘違いしていたなんて。

まあ、ある意味当たってはいるのだけれど。

「田中先輩には二人が相談仲間なのは分かっているって伝えましたけど、実際のところどうなんですか？　今日も洗い場で二人で仲良く話していましたし、あながちお母さんの勘違いも間違《まちが》ってはいないと思うんです」

「だから違いますよ。今日は田中さんが珍《めずら》しくお客さんの女の子に話しかけられていたので聞いていただけです」

「あ、それって田中先輩がレジに入っている時のことですよね？　私も気になっていたんです。もしかして女の子に逆ナンされていたとか？」

「え？　田中さんに聞いたんですか？」

「あ、やっぱりそうなんですね」

にやりと女の子にあるまじき笑みを浮かべる舞ちゃん。や、やってしまった。別に田中くんから口止めされたわけではないけれど、あまり言いふらす話でもないというのに。

「逆ナンと言いますか、連絡先を聞かれたと言っていました。向こうの女性が田中さんを気になっていたみたいで」

「田中さん、かっこいいですもんね。絶対学校でもモテるタイプですよ」

「やっぱり、そう思いますか？」

「そりゃあ、優《やさ》しくてかっこよくて、それに一途《いちず》とか。逆にモテない要素が見当たらないです」

　舞ちゃんの中で田中くんの評価はかなり高いみたい。確かにそう言われるとモテないわけがない気がしてくる。実際は本以外に全然興味を持たない本バカなのだけれど。学校での姿との乖離《かいり》が凄すぎるのかもしれない。まあ、優しいところとか、一途なところは凄く良いと思う。

　本を熱く語っている田中くんの姿を思い出して、つい笑みが零れる。

「あれだけ好きな人のことを大事にしているところもいいと思いますし、正直好かれている相手が羨《うらや》ましいです」

「今日もその連絡先を聞かれたときに『自分に好きな人がいるのに曖昧な態度をとるのは失礼だから』と言って断ったみたいですよ」

「えー、ほんとですか！　誠実ですね。自分の好きな人がそう考えて断ってくれたら絶対にやけちゃいます。いいなー、私も好きな人にそういう風に思われたいです」

「た、確かに、好きな人が自分のことをどれだけ大事に思ってくれているか知れたら嬉《うれ》しすぎますよね」

羨ましそうに呟《つぶや》く舞ちゃんに同意するしかない。実際聞かされて嬉しかったし。普段私のことなんて気にしていない素振《そぶ》りしか見せないくせに、裏で大事に想ってくれているとか反則過ぎる。

「好きな人が自分のことをどう思っているのか。本音は気になりますよね」

「嫌《きら》われていたら、って考えると不安ですけど、相手も自分のことを好きに想ってくれているならぜひ聞きたいですよ。惚気《のろけ》とか聞いてみたいです」

やっぱり好きな人の本音が気になるのはみんな同じなのだ。

「実際、好きな人の本音を知ることが出来るようになったらどうしますか？」

「それって、超能力《ちょうのうりょく》で相手の気持ちを知れるようになったら、とかですか？」

「そ、そうですね」

「うーん。私だったら、色々聞き出しちゃいますね」

「でも、あまりプライベートなことを勝手に知るのはずるくないですか？」

「そりゃあ勝手に過去のこととか秘密を知るのはどうかと思いますけど、自分に対しての気持ちならセーフかなって。好きな人が自分に脈なしなら諦《あきら》めもつきますし、逆に脈ありなら頑張ろうってなりますもん。それで相手が自分を意識してくれたなら嬉しいですし」

「つまり、自分に関《かか》わることならセーフということでしょうか？」

「はい。私ならそこで線引きをするかな、と思います。あ、もしかして柊先輩、読心術の超能力に目覚めちゃったとかですか？」

「え？」

心臓がどきりと跳《は》ねる。

「うそうそ、冗談です。実際そんな便利な超能力なんてないですからね。地道に頑張るしかないんです」

両手を頭の後ろに回して天を仰《あお》ぐ舞ちゃん。現実に起こらないと分かっているからこそ、ここまで呑気《のんき》なのだろう。私も少し前までならあり得ないと思っていた。それがこんなことになるなんて。現実は小説よりも奇《き》なり。

「柊先輩は最近どうですか？　以前話していた彼《かれ》を意識させる作戦、上手《うま》くいってますか？」

「アピールはしているんですけど、反応は微妙ですね。時々意識してくれてはいるみたいですが、赤面させるには程遠《ほどとお》いですね」

「実際にはどんなことをやってみたんですか？」

「ソファで隣《となり》に座《すわ》ってみたり、あとは彼の好きな物についてですけど、す、好きと伝えてみたりとかです」

今思い出しても自分の行動が恥ずかしい。あんな慣れないことを自分がするなんて。はしたなくはなかっただろうか。

でも、隣に座ったときの挙動不審《きょどうふしん》な田中くんは可愛《かわい》かった。あんな余裕《よゆう》のなさそうな田中くんは新鮮《しんせん》だ。写真に残しておけばよかった。また見てみたい。

「ちゃんと教えたことはやっているみたいですね」

「彼が赤面しているところ、見てみたいですもん」

「……！」

舞ちゃんが目をぱちくりとさせて固まる。

「？　どうしました」

「か、可愛い！」

「え、ちょ、ちょっと舞ちゃん⁉」

勢いよくひしっと両腕《りょううで》で抱きしめられる。ぎゅっと私の体が舞ちゃんの両腕で固定された。舞ちゃんのさっぱりとした柑橘系《かんきつけい》の香《かお》りが鼻腔を擽る。

「柊先輩、本当にその人のこと好きなんですね。今の顔見せたら一発でオチますよ」

「一体私はどんな顔を……」

「もう完全に恋《こい》する乙女《おとめ》の顔でした。女の私でさえどきっとしましたよ。こんな可愛い柊先輩にアピールされて反応しないなんて、本当に男ですか？」

「男ですよ。ちゃんとかっこいいですし」

　思わず言ってしまった。

「じゃあ、さらに頑張るしかないですね」

「何をすれば？」

「うーん手を繋《つな》いでみるのはどうでしょう？」

「て、手を繋ぐんですか⁉」

　今でさえ一杯一杯《いっぱいいっぱい》だというのに、そんなこと出来るわけがない。今回だってどれだけ勇気を振《ふ》り絞《しぼ》ったことか……。それに急に手を繋いだら引かれてしまう気がする。

「まあ、落ち着いてください。いきなり手を繋ぐなんてことを、へたれな柊先輩が出来るとは思っていません」

「べ、別にへたれなんかじゃないです」

　へたれとは酷い。これでも頑張っているのに。

「はいはい、そういう強がりはいいですから。とりあえずボディタッチを増やしてみるというのはどうでしょう？　軽く肩《かた》に触《ふ》れるだけでもいいですし」

「……それならなんとか」

さりげなくやれば変に思われることもないだろう。私でも上手く出来そうだ。ちょっとだけ恥ずかしいけれど、田中くんを意識させられるなら。

「相手に触れることに慣れれば、その後も流れで上手くいけるはずです」

「そう言われるといける気がしてきました」

さすが舞ちゃん。これは成功間違いありません。今度こそ田中くんの赤面姿を見られそうです。

「一つ質問なんですけど、そもそもその相手と体がぶつかった以外に触れたことあるんですか？　ないならボディタッチすら柊先輩にはハードルが高そうですけど」

「バカにしないでください。連れられるときに手を握《にぎ》られたことは何回かあります」

「でもそれって、柊先輩からじゃないですよね？　自分から動かないと」

「わ、私からもありますよ」

「えー、ほんとですかー？」

信じられないようで、疑《うたぐ》る眼差《まなざ》しを向けてくる。これでも年上なのになんでこんなに信用がないの。

「ちゃんとありますから。この前なんて私から彼の胸に頭を寄せてしまいましたし」

「なんですか、それ。詳《くわ》しくお願いします！」

あ、これはまずい。そう思った瞬間《しゅんかん》には遅《おそ》かった。

宝石のように目を輝《かがや》かせた舞ちゃんの顔が迫《せま》る。ぱっちりとした瞳《ひとみ》に自分の姿が映っているのが見えた。

あまりの気迫《きはく》に一歩下がるけれど、さらに一歩舞ちゃんが詰《つ》めて離《はな》してくれない。これは私が答えるまで逃《に》がしてくれないパターンだ。

「……困っていたときにたまたま助けてくれて、それが嬉しすぎたと言いますか。気持ちが高ぶりすぎてつい勢い余って……」

「意外とやりますね。付き合ってもいない男子の胸に飛び込《こ》むなんて、なかなか出来ませんよ」

「わ、私だってもう一度やれと言われたってやれません。今でもあの時自分から彼の胸に飛び込んだことが信じられないくらいなんですから」

あんなこともう二度と出来るわけがない。自分でも不思議で仕方がない。あの時の自分はどうかしていた。今思い出しても大胆《だいたん》過ぎる。あ、ちょっと、今、枕《まくら》に顔を押《お》し付けて叫《さけ》びまわりたいかも。

「まあ、その時に比べればボディタッチなんてちょろいものですから余裕ですね」

「余裕ではないですけど頑張りたいと思います」

「失敗しても柊さんが痴女みたいになるだけですので、安心して頑張ってください」

「全然安心できないんですが？」

早速《さっそく》不安になってきた。上手くいくだろうか。最後に不安になることを言うなんて舞ちゃんめ。気を引き締《し》めてぐっと握りこぶしを作った。

第四章 三人の交錯

一《いち》ノ瀬《せ》side

放課後、ホームルームが終わりクラスのみんなが動き出す。僕《ぼく》も例に漏《も》れず、荷物をまとめて窓際《まどぎわ》の席に足を運ぶ。

「じゃあ、湊《みなと》。一緒《いっしょ》に行こう！」

待ちに待った斎藤《さいとう》さんと話せる日。この日をどれほど楽しみにしていたことか。噂にはよく聞く人物であるけれど、彼女《かのじょ》のことは正直詳しくは知らない。でも、本にしか興味がなかった湊が好きになった人なら興味も出る。それになにやら関係性がおかしなことになっているみたいだし。つい力が入ってパシパシ湊の背中を叩《たた》くと、苦々しい感情をにじみ出したまま湊が振り返った。

「痛いっての。どんだけ楽しみなんだよ」

「田中《たなか》が大好きな斎藤さんと話せる貴重な機会だからね。テンションも高くなるさ」

　こんな楽しい気分は久しぶりだ。

「いいか。大人しくしてろよ。変な質問とか絶対するなよ」

「それは約束できないなー。沢山《たくさん》聞きたいことはあるし」

「今すぐ中止にするぞ」

　声を低くして脅《おど》してくるけどそんなものは僕には効かないよ。見慣れた表情で全く怖くない。湊が僕と斎藤さんを会わせるのに乗り気じゃないことは分かっているから反論は準備済みだ。

「良《い》いのかい？　斎藤さんの性格的に一度した約束を守らない人は嫌いなタイプだと思うけど？」

　湊の話しぶりからすると、斎藤さんも意外と乗り気なようなので、おそらく中止には出来ないはず。そう読んでの発言だったけれど、案の定、湊は悔《くや》しそうに「くっ……」と声を漏らした。

「ふふふ。じゃあ、いいね、その表情。相変わらずいじりがいがあるなぁ。

「ふふふ。じゃあ、連れて行ってくれるってことでいいよね」

「ちっ。仕方ない」

「やったね。もう時間だし早く行こ」

しぶしぶ頷《うなず》く湊と一緒に教室を出る。歩いていると、隣からちくちく睨《にら》む視線が突《つ》き刺さる。多分湊の視線だろう。ほんと、湊の反応が良いから何度もからかっちゃうんだよね。反省しないとは思いながらもなかなかやめられない。

廊下《ろうか》にはまだ人が多く残っており、何人もすれ違《ちが》う。文系のクラスの女子の集団の脇を通ったとき、仲の良い相瀬《あいせ》ちゃんがこちらに気付いた。

「あれ？　一ノ瀬君。どこか行くの？」

「いやー実は先生に呼び出されてさ。今から行くところなんだよね」

「その割には楽しそうだね。変なの」

不思議そうに軽く首を傾《かし》げてくすくす笑う。控えめに肩を揺《ゆ》らして声を漏らす姿は可愛らしい。いつもならもう少し話すところだけれど、今日はこの後に一番楽しみな出会いが控えてる。

「そういうわけで急がないといけないんだよね。だからまたね」

これ以上捕《つか》まらないように話を切り上げてさっさとその場を離れる。相瀬さんの拍子抜けした顔が視界の端《はし》に映ったが、そこは見ないふりをした。

その後も知り合いに何度か話しかけられたけれど、軽く挨拶《あいさつ》するだけにとどめて、目的の図書館へと足を進める。まさか、自分に知り合いが多いことが邪魔《じゃま》になる時がくるとは。

何度も足を止めて湊も迷惑しているかと思い、隣を見る。湊はただいつも通り、ぼけっと上の空だ。多分本のことを考えてる。大方、「今日は帰ったら何を読もうかな」とかどうでもいいことで悩《なや》んでいるに違いない。こういう表情の時はだいたいいつもそうなのだ。

自分の心配は杞憂《きゆう》だったことに一息吐《つ》いて、図書館に向かった。

「相変わらず埃《ほこり》くさい場所だね」

「そこがいいんだろ。紙の匂《にお》いと合わさって最高の匂いだろうが」

「ごめん。全然わかんない」

久しぶりに訪《おとず》れた図書館は、前来た時と全く変わらないままだった。薄暗《うすぐら》く古めかしい雰囲気が辺りに満ち満ちている。ささやかな音さえ響《ひび》き、僕と湊の会話も館内にはっきりと広がる。

図書館での湊はいつもの倍は生き生きしている。いつもの覇気《はき》のなさはどこへやら。湊の発言は相変わらず理解しがたい。本が好きなのは分かるけど、それを一般人《いっぱんじん》の基準と考えるのはやめてほしい。いつもやる気のない目が少年の純真な瞳に変わっているし、ほんと本に関することだと湊は人が変わる。「君は誰《だれ》？」と言いたい。

人目につかない場所ということで図書館を会う場所に指定したけれど、間違えたかもしれない。湊は新刊の棚《たな》に勝手に移動して、もう周りのことなんて気にせず新刊に気を取られている。きょろきょろと背表紙を確認《かくにん》して忙《いそが》しい。ちょっと、今から人と会うんだよ？　約束忘れてない？

「ほら本はいつでも読めるでしょ。ちゃんと斎藤さんのこと待たないと」

「あ、あと一分だけ待ってくれ。何が入ってきたのかだけ把握《はあく》したい」

「そう言って前、新刊読み始めて一時間動かなかったこと忘れたの？　もう、ほら行くよ」

棚から頑《かたく》なに動かない湊を引きずって奥《おく》の机が並べられている場所へと移動する。人はおらず、カーテンの隙間《すきま》から漏れた夕陽《ゆうひ》の日差しが机を微《かす》かに照らしていた。比較的《ひかくてき》明るい図書館入り口が見える窓際の席に座る。冬の冷気のせいで座る部分がひんやり冷たい。

「待ってるって連絡《れんらく》は送った？」

「一応な。先生に提出物があるから、もう少し待って欲《ほ》しいって」

「全然いいよって伝えておいて」

隣に座る湊は自分のスマホと向き合い、慣れた手つきでメッセージを打っている。本を読んでいる姿がほとんどなので、スマホを弄《いじ》っていると違和感《いわかん》しかない。あれだ。原始人が急にスマホを使いだした感覚に似ている。急に湊が現代人になったみたいだ。いや、元から現代っ子ではあるんだけどね。興味深い光景に見入りすぎたのか、湊が視線だけこっちに動かす。

「……なんだよ」

「いや。斎藤さんと気軽に連絡を取ってるんだなと思って」

「今回みたいに予定を合わせるときに使ってるだけだ。変な勘違いはやめろ」

「えー？　変な勘違いって？　まだ僕は何も言ってないけど？」

「……斎藤と話すのが楽しみなのは分かったから、これ以上絡《から》むのはやめてくれ」

いつも以上にうんざりした表情。なかなかレアな湊だ。自分でもしつこくしてしまったことを自覚しつつも、表情豊かな湊が面白くてやめられそうにない。

しばらく待つと、古びた扉《とびら》が音を立てながら開く。向こうから斎藤玲奈《れな》が現れた。たびたび見かけたことはあるけれども、何度見てもその容姿は見惚《みと》れるほどに美しい。こっちに向かって純黒の髪《かみ》を煌《きら》めかせて寄ってくる。一歩動くたび、絹のように艶《あで》やかに髪は揺れ、言いようのない色気が辺りに撒《ま》かれていた。

「すみません。お待たせしました」

湊の前に座った斎藤さんの双眸がこちらを捉《とら》える。透《す》き通る瞳に僕の姿が映った。

「初めまして、一ノ瀬さん。斎藤玲奈です」

どうやら初対面の設定を貫《つらぬ》くらしい。バイトで会ったことは隠《かく》すということだろう。なにやら事情があるようなのでこちらも合わせる。

「こちらこそ初めまして。一ノ瀬和樹《かずき》です。今日はありがとう」

　出来るだけ人当たりの良さを意識して笑《え》みを送る。だけど斎藤さんの表情は変わらない。大抵《たいてい》の人なら好意的な雰囲気に変わる笑顔も斎藤さんには効果がないらしい。そこからは軽く当たり障《さわ》りのない話を広げていった。

　いくらか言葉を交《か》わせば距離感も掴《つか》めてくる。しばらく話して話題が途切《とぎ》れたところで、斎藤さんが切り出してきた。

「どうして私と話がしたいと思ったんですか？」

「湊が本にしか興味なくて人と仲良くすることってほとんどないから、どんな人か気になったんだ。ほら、湊って本しか興味ないから珍しくて」

「なるほど。確かに田中くんが本以外に興味を持つことは滅多《めった》にないですよね。ほんと本ばっかりで……」

　湊の本好きは斎藤さんも分かっているようで、初めて本音らしい感情が表情から漏れ出た。あの斎藤さんの仮面を剥《は》がして呆《あき》れさせるって……。湊の本バカ具合が恐《おそ》ろしい。

「やっぱり、斎藤さんとの時も湊は本好きなこと隠していないんだ？」

「もともと私と田中くんが親しくなるきっかけが本好きという共通点なので。ただ私でも理解できない発言が時々あります。一ノ瀬さんはついていけてますか？」

「いや、まったく」

肩を竦《すく》めてみれば、またしても斎藤さんからも苦笑《くしょう》が零《こぼ》れ落ちる。やはりなかなか苦労しているらしい。最初こそ僕も湊の発言に戸惑《とまど》ったけれど、今では完全にスルーを決め込んでいる。湊の発言を真面目《まじめ》に考えるだけ無駄《むだ》だと付き合う中で気付いた。湊が本に関して言うことに大事な意味は一切《いっさい》ない。断言できる。

「私よりも付き合いが長い一ノ瀬さんでも同じみたいなので安心しました」

「湊の言うことなんて適当に聞き流しておけば大丈夫だよ。時々頷くだけで勝手に納得《なっとく》してくれるから」

「おい、聞こえてるからな？」

つい勢い余った発言に、湊が鋭く目を細める。人を射殺しそうな鋭い視線だけど、全然怖くない。湊は少し自分の発言を反省するべき。斎藤さんは僕と湊のやり取りが面白かったのか、両方を交互《こうご》に見てくすくす肩を揺らした。

「ふふふ、本当に二人は仲が良いんですね。田中くんがここまで口が悪いのは新鮮です」

「湊はツンデレだからね。僕相手だとどうしても冷たくなるみたいでさ。困ったものだよ」

「誤解を生む発言はやめろ。別にツンデレじゃないし、思ったことを素直《すなお》に伝えているだけだ」

隣から何か湊の声が聞こえた気がするけど気のせいだろう。湊はいつも話しかけると嫌《いや》そうな顔しながらも本を閉じて話は聞いてくれるし、誘《さそ》いにも乗ってくれる。どう考えてもツンデレ以外の何物でもない。まったく、男のツンデレなんて需要《じゅよう》ないのに。

「まあ、斎藤さんが良い人そうで安心したよ。湊に苦労させられている者同士、よかったらこれからも仲良くしてよ」

「こちらこそ。世話の焼ける田中くんのことをこれからもよろしくお願いしますね」

「おい、勝手に変な同盟を結ぶな」

やはり湊の声は聞こえない。

「田中くんとは一年生の頃から仲が良いんですか？」

「そうだね。いつも本を読んでる変な奴《やつ》がいるなーって思ってて、話しかけてみたら思った以上に面白くて、そこから仲良くなった感じかな」

「半分無理やり絡んできたけどな」

湊も思い出しているのか、うんざりした表情が浮《う》かんでいる。

「そう言われてもさ。しつこく話しかけなかったら、絶対話す気起きなかったでしょ」

「話しても起きなかったったっての。お前があまりにしつこいから仕方なく話すようにしたんだ」

「僕の愛のなせる業《わざ》だね。湊が本当は話しかけて欲しいって気持ちを隠しているのを感じたから話しかけたんだよ」

「それ、ストーカーがよく言うパターンだからな?」

湊の嫌そうな顔が最高に面白《おもしろ》い。こういうところが飽《あ》きない理由だ。冗談《じょうだん》だっていうのに、いちいちリアクションが大きいから絡まれているんだよ? 多分気付いていないだろうけど。

「やっぱり一年生の頃は今とほとんど変わっていないんですね」

「そうだね。基本、本に関することばっかり。結局僕と進んで話してくれるようになったのも本がきっかけだしね」

「そうなんですか。一体何が?」

斎藤さんの瞳が興味ありげに輝く。斎藤さんも湊とは本がきっかけで話すようになったと言っていたし、何か共感したのかもしれない。

「最初は湊に本のおすすめを聞いてそこから仲良くしようと思ったんだけど、それが全然上手くいかなくてさ」

「当たり前だ。初対面相手におすすめの本を一時間も熱弁出来るか」

最初の湊の態度の堅《かた》さの謎《なぞ》が解けた。意外とそこには分別があったらしい。

「上手くいかなくて、そこで考えたわけ。本の貸し借りならいけるんじゃないかって。ちょこっと一冊貸したらすぐに話してくれるようになったよ」

あの変わり身の早さには驚いた。物は試《ため》しと本の貸し借りを申し出たら、すぐに食いついてくるなんて。野良猫《のらねこ》でももう少し警戒心があると思う。あの時に湊のちょろさを実感した。斎藤さんも湊がちょろすぎることに気付いたようで、心配そうな眼差しを送る。

「田中くん。知らない人に本を渡《わた》されてもついていかないでくださいね？」

「ついていくわけない……多分」

最後に付け足された語尾《ごび》がもう心配だ。今時小学生でも守っているというのに。本当に湊は本が関わると人が変わるから。斎藤さんもジト目で湊を見つめていた。

「他には田中くんの面白いエピソードはないんですか？」

「あるわけないだろ。一年の時はずっと本を読んでただけだよ」

「田中くんには聞いていません。大体、その本が関わるから田中くんはおかしな行動をするんじゃないですか」

「うっ」

斎藤さんに言いくるめられて言い淀《よど》む湊。こうやって二人が話しているのを見ると、本当に二人が親しいことを実感する。斎藤さんの言い方は冷たいけど、それには親しみが込められている。

「湊の面白いエピソードだと春に出掛《でか》けた修学旅行かな」

「去年京都に行った旅行ですよね？」

「そうそう。京都と言ったらやっぱり伝統的な料理とか工芸品とか色々あってお土産《みやげ》選ぶの苦労したでしょ？」

「そう、ですね。確かに沢山あると迷いますよね」

うんうんと頷く斎藤さん。そう、普通《ふつう》なら多少は迷うはずなんだ。

「それが湊は全然迷わなくてね。八つ橋の箱を一つ買ったら、あとは本屋さんに直行。そこで自分の本買《か》い漁《あさ》ってたんだよ」

今でも思い出せる。自由時間の時にみんなお土産に何を買うか迷っているのに、その近くの普通の本屋さんで大量の本を購入《こうにゅう》していた姿。唖然《あぜん》としたね。

「仕方ないだろ。お土産は八つ橋があればいいって言われていたし、余ったお金は自由に使っていいと言われたら、そりゃあ当然本を買うだろ」

「何が当然なんだか……」

さも当たり前のように言っているけれど、全然普通じゃない。少なくともそこで本を買おうという発想になるのは湊だけだと思う。どうして本なんて考えが生まれるんだか。修学旅行っていうことを絶対忘れてる。

「田中くん。ちゃんと修学旅行の思い出は残ってますか？」

「当たり前だろ。あそこまで一気に本をまとめ買いしたのは初めてだからな。最高だったし、ちゃんと覚えてる」

「それは修学旅行と全然関係ないじゃないですか……」

呆《あき》れ顔《がお》の斎藤さん。何か可哀《かわい》そうな者を見る目に変わる。

「大丈夫ですか？　お寺を沢山見て回ったりしたんですよ？　覚えてますか？」

「あ、ああ、一応な……」

湊は曖昧《あいまい》に頷いているけど、絶対覚えてない。あの時湊は買った本を片手に移動してたし、なんなら本に集中しすぎて置いていかれそうになったこともあった。斎藤さんも見抜《みぬ》いたようで訝《いぶか》し気《げ》な視線が湊に突き刺さる。

「あと湊の面白いエピソードだと遊ぶときかな。今はもう慣れたけど、休日出かけて遊ぶとき、本屋さんの前を通ると必ず止まるのは困ったものだったよ」

「そんなに酷《ひど》かったんですか？」

「酷いというか、ふらっと消えるからね。隣を歩いていると思ってたら急にいなくなるんだよ」

「まさか、本屋に勝手に入って？」

「その通り。流石《さすが》に入ることはないんだけど、店の前で立ち読みしててさ。ほら、本屋さんって入り口に新刊が置かれるじゃん？」

「完全にお店の販売《はんばい》戦略にはまってますね」

「ほんとだよね」

斎藤さんと話せば話すほどに湊がダメな子に思えてきた。もうちょっとちゃんとして欲しい。普段《ふだん》は全然まともなのに本が関わるとどうしてアホの子になるのか。ため息しか出てこない。

「他には？　何か聞きたいことある？　田中のことなら何でも聞いてよ。田中のことで知らないことは何もないからね」

「怖《こわ》いこと言うな」

湊がドン引きの表情で一歩僕から離れる。そんなにビビらなくても流石に全部は知らないのに。ただ湊が分かりやすいから予想出来ているだけなのだ。

斎藤さんは悩んでいるようで腕《うで》を組んで「んー」と唇《くちびる》を尖《とが》らせる。それからぱっと顔を上げた。

「あ、田中くんの秘密とかあったら教えてください」

「おい？」

まさかの質問に湊が目を丸くする。

「湊の秘密ねー。正直あんまりないんだよね」

「当たり前だ。自分に正直に生きているからな」

「本は少し自重したほうがいいと思うよ？」

流石に湊レベルになると、少しは抑《おさ》えるべきだと思う。本能で動きすぎ。まあ、本バカじゃなくなった湊なんて湊とは思えないけど。

「あ、そうだ」

一つ思い当たることがあったので、人差し指をくいくいと動かし、斎藤さんに近づいてもらう。綺麗《きれい》な顔がこっちに寄り、一層近くで顔が見える。湊に聞こえないよう耳元でささやく。

「湊は意外とむっつりだよ」

「っ⁉　そうなんですか⁉」

斎藤さんが小声でひょうきんな声を出した。

「ほんとほんと。湊って全然恋愛《れんあい》とか興味ありません。みたいな顔してるじゃん？」

「はい。だから全然興味ないものだとばかり……」

「それが違うんだよ。顔に出さないだけで意外と意識してるからね。積極的にいったらいいと思うよ」

湊みたいなタイプは大体むっつりだ。今日も見ないふりしているだけで、女性慣れしていないから結構心の中では意識していたりする。これで奥手《おくて》な湊の後押《あとお》しになればいいんだけど。

「おい、何二人で話してるんだよ」

内緒話《ないしょばなし》をしていたのが気になるらしい。

「ふふふ、湊の秘密を斎藤さんに教えてたんだよ」

「そうなんです。いい話を聞いてしまいました」

斎藤さんもご満悦《まんえつ》のようだ。その表情を見た湊は険しい表情を緩《ゆる》めて息を吐いた。

「変な話してないだろうな？」

「まさか。ちゃんと事実を伝えただけだよ」

「……斎藤が満足しているみたいだから今回は聞かないでおいてやるよ」

おや、珍しい。もう少し絡んでくるかと思ったけど、斎藤さんが良い笑顔《えがお》なので諦めたみたいだ。

「いやー、ほんと二人は仲が良《い》いんだね。斎藤さんが絡むと湊が優しくなるなんて」

「別にいつも通りだろ」

湊は無自覚なのかもしれないが、普段を知る僕からすれば明らかに斎藤さんが絡むと態度が違う。僕と二人の時の湊はもっと態度が悪い。視線を湊から斎藤さんに切り変える。

「湊と仲が良いことは秘密なんでしょ？」

「はい。やはり噂《うわさ》になると困りますから。今のところ私と田中くんの関係を知っているのは一ノ瀬さんだけですし、噂が広まらない間は、今のまま隠していこうかなと」

「うん。それが良いと思うよ。あれ？　でも、湊。斎藤さんと湊の関係。僕以外にも一人話したんじゃなかった？」

ちょうどいいタイミングだったので、一番気になる柊《ひいらぎ》さんの話題を入れ込む。注意深く観察しながら発言すると、斎藤さんはぴくりと微かに体を震《ふる》わせた。

「ああ、そうだった。斎藤、実は一人柊さんっていう人に俺《おれ》と斎藤の関係を話したんだ。別の学校だし、向こうは斎藤のことを知らないから、特に広まることはないと思うんだが、勝手に話してごめん」

湊が頭を深々と下げる。斎藤さんはその姿を見て分かりやすく、目をうろうろと彷徨《さまよ》わせた。

「あ、あのそんなに謝《あやま》らないでください。田中くんが人に話すってことはその人のことを信用しているからだと思いますし、私もその人なら全然構いませんから」

控《ひか》えめに首を振って宥《なだ》める斎藤さん。彼女からしたらもう既《すで》に知っている話だ。それに「その人なら全然構いません」って。本人なんだから問題ないのは当然なんだよ？

至極《しごく》当たり前のことを言っているだけにすぎないけれど、勿論《もちろん》湊は分かっていない。大方気を遣《つか》ってくれたとでも思っているのだろう。現に今も「ありがとう」ともう一度頭を下げている。

「実は僕もあんまり柊さんのこと知らないんだけど、どういう人なんだい？」

「っ⁉」

柊さんが何か反応しないかな、という淡《あわ》い期待の下《もと》の発言だったけれど、効果は想像以上だった。斎藤さんが目を丸くしてこっちをガン見してくる。「なにを言い出しているんですか⁉」とでも言いたげだ。普段表情を変えない斎藤さんがここまで狼狽《うろた》えていると笑ってしまいそうだ。

流石に湊も斎藤さんの異変に気付いたかな？　隣を見るとどうやら柊さんのことをどう話すべきか考えているようで、意識は思考の海に飲み込まれていた。まったく、今目の前の状況《じょうきょう》に気付かないなんて。最高に面白いのに勿体《もったい》ないなぁ。

少しの間の後「そうだな……」と湊は呟《つぶや》いて、組んでいた腕を解く。

「良い人だよ。それに頼《たよ》りにもなるかな。時々相談するんだけど、アドバイスはいつも的確だし」

「へ、へえ。それは確かに相談したくなるね」

危ない危ない。思わず笑っちゃいそうになった。湊の真面目な顔がほんと可笑《おか》しい。的確って。そんなの当たり前じゃん。本人に聞いてるんだから、そりゃあ誰よりも正しいアドバイスがもらえるよ。斎藤さんを見ると、目が合って分かりやすく視線を逸《そ》らした。

「むやみに人に話す人ではないから、広まることはないと思う」

「随分《ずいぶん》と信頼《しんらい》してるんだね。湊がそんなに誰かを褒《ほ》めるなんて珍《めずら》しい。もしかして好きなの？」

「は？」

不可解なものを見る目が僕を射抜《いぬ》く。「俺の好きな人は知っているだろ」という文字が顔に浮かんでいた。

「好きなわけないだろ。友達だよ、友達。相談しているだけだ」

「なんだ、つまんないなー。じゃあ、相談しているときの柊さんはどんな様子なの？」

「柊さんの様子？　妙《みょう》なことを聞くな……」

湊曰《いわ》く、斎藤さんについての悩みを柊さんに話しているらしい。本人に本音を打ち明けているなんて、間抜《まぬ》け以外の何物でもない。それを何回もしているなんて。一体どんなことを聞かされているのか。

湊は訝し気な視線に変えながら顎《あご》を人差し指と親指で摘《つ》まむ。

「基本的には真摯《しんし》に聞いてくれているよ。お前みたいに適当に相槌《あいづち》を打つことはないな」

「それは耳が痛いよ」

「あ、でもたまに恥《は》ずかしそうにしたり、挙動不審になったりするときがあるんだよな」

「へえ?」

おやおや、面白そうな情報が聞こえてきた。この斎藤さんが照れているところとか全く想像つかないけれど、湊が関《かか》わると感情が漏れ出るあたり、相当信頼しているのだろう。

それなら本人の前で挙動不審になるのも頷ける。

一体何を本人に打ち明けているのか。斎藤さんが照れるなんて相当な何かがないと起きないはず。そこでピンと一つ面白い状況が思い浮かんだ。もしそうなら、これまで以上に今の状況が面白くなる。斎藤さんに聞こえないようにそっと湊に耳を寄せる。

「もしかして、柊さんに『斎藤さんが可愛い』とか惚気《のろけ》てない?」

「っ⁉　なんで、それを……!」

寄せていた顔を一気に引く。僕を睨みながらも、その頬《ほお》は僅《わず》かに赤みが差している。

もじ
もじ

「あ、やっぱりそうなんだ。なるほどねぇ」

これは無理だ。思わずにやけてしまう。湊が表情を険しくしても止められない。そりゃあ、斎藤さんでも照れるよ。

まさか本人に惚気ているなんて僕でも予想していなかった。斎藤さんが照れる状況を考えたときに、もしかしてと思って聞いてみたけど、本当にその通りだったとは。

にやけるのが抑えきれないまま斎藤さんの様子を窺《うかが》うと、こっちも湊と同じく僅かに頬を桜色に染めている。どうやら僕が今の二人の状況を理解したことに気付いたらしい。

この反応を見る感じ、まず間違《まちが》いなく二人は両想《りようおも》いに違いない。状況がこじれているけれど、それも僕からすれば面白いだけだ。まだ斎藤さんは柊さんの正体を明かす気はないみたいだし、この状況はぜひとも利用していかないとね。未来を考えてわくわくが止まらない。

見ている側からすれば微笑《ほほえ》ましい状況に、つい温かい目で湊と斎藤さんを見守ると、斎藤さんが若干《じやつかん》声を上擦《うわず》らせる。

「あ、あの、田中くん。柊さんが信頼できる方なのは分かりましたから、別の話をしませんか？」

残念。斎藤さんからストップがかかってしまった。なかなか面白い状況だけど、これ以上突っ込むのは野暮《やぼ》というものだろう。あとは湊と二人の時にからかうとしようか。話題を切り替《か》えて別の話に移った。

田中side

「色々話を聞けて楽しかったよ。じゃあ、またね」

ひらひら手を振って去っていく和樹を見送って、斎藤と二人きりになった。時計を見ると、あと三十分くらいで閉館時間だ。

初対面の割には二人はなかなか気があったようで、ずいぶん時間が経《た》ってしまった。斎藤のいつもの感じだと和樹は苦手なタイプなはずだが、険悪にならず杞憂で良かった。まあ、仲良くなるきっかけになった話題が、俺の本好きについての不満だったことは納得いかないが。

最後まで楽しそうにしていた和樹が忌々《いまいま》しい。なぜか斎藤についての惚気を柊さんに話していることがばれた。一体どういう勘《かん》をしているのか。最近和樹が超能力者《ちようのうりよくしや》に思えてならない。あいつの勘はその領域にある。どうしてわかったのか、あとで聞きださないと。

「どうだった？　話してみて」

「思った通り良い人でした。私と話す時とは違う、新鮮《しんせん》な田中くんも見られましたし、凄《すご》く楽しかったです」

「そんなに違うか？」

「もちろんです。言い争っていても田中くんが信頼しているのは伝わってきましたから」

「別に向こうがやたらと絡んでくるから話しているだけだ」

「ふふふ、そういう態度だからツンデレなんて言われるんですよ？」

「斎藤まで勘弁《かんべん》してくれよ……」

可笑しそうに口元を綻《ほころ》ばせる斎藤に思わずため息が漏れ出る。ほんと妙な勘違《かんちが》いはやめて欲しい。一応否定はしておいたが、効果は全くなさそうだ。くすくすと肩《かた》を揺らして笑い続ける。

「田中くんのお話も沢山聞けましたし、今日は凄く満足です」

「凄く興味津々に聞いてたよな」

「私の知らない田中くんが新鮮だったので。本好きで暴走しがちなのは相変わらずでしたが」

「言うほど酷くはないだろ」

「どの口が言っているんですか。去年、一ノ瀬さんと一緒に出掛けたとき、買った新刊をその場で頬ずりしたらしいじゃないですか。ドン引きです」

斎藤の鋭《するど》く細められた瞳《ひとみ》が冷たく刺《さ》さる。

「それはあの時だけだ。俺だって普段はあんなことしない」

「普段からしていたら、ただの頭の可笑しな人ですよ」

「あの時買った本は一年前から凄く楽しみにしていて、やっと発売になった本だったんだよ。手に入れて凄く興奮しすぎてつい、な。家でなら斎藤だってやるだろ？」

「やりませんよ。本は読むものです。どうしたら頬ずりしようなんて発想が生まれるのか……」

いつになく冷めた視線が怖い。斎藤の中での俺の立場がどんどん落ちていっているのがひしひしと伝わってくる。

「こう、頬ずりすると、存在を感じられるというか、実感が湧《わ》いてくるだろ？」

「したことないのに、そんなこと聞かれても……」

必死に目で訴《うった》えると、強いため息が斎藤の口から出た。呆れたようでそれ以上追及《ついきゅう》の声は飛んでこない。だが、なにか可哀そうなものを見る視線が痛かった。無言は辛《つら》いのでやめてください。

「そういえば、この前貸してもらった田中くんおすすめの本読みましたよ」

「とても面白かったです！　ファンタジーな冒険《ぼうけん》ものってほとんど読んだことないんですけど、読みやすくてすぐに読み終わってしまいました」

キラキラと瞳を輝《かがや》かせて斎藤は饒舌《じょうぜつ》だ。心なしか声も弾《はず》んでいるあたり、本当に気に入ってくれたんだろう。

「気に入ってもらえたなら良かった。どのシーンが面白かった？」

「えっと、ここの場面なんですが……」

斎藤は隣《となり》の椅子《いす》に置いていたリュックから本を取り出した。丁寧《ていねい》に机に置いて、開いて見せてくる。ただ、斎藤と俺では向かい合って座《すわ》っているのでどうしても文字が読みにくい。そのことに気付いた斎藤は席を立つと、とたとたと俺の隣に座り直した。きょ、距離《きょり》が近い。

「……こっちの方が見やすいでしょう？　そのためです」

「あ、ああ。分かってる。ありがとう」

澄《す》ました表情の斎藤にこくこく頷き返す。危ない。隣に来るなんて予想していなかったので動揺《どうよう》してしまった。改めて深く椅子に座り直す。

「……それでどの場面だ？」

「お、どうだった？」

「はい。この場面なんですけど――」

留《とど》まることなく次々と感想を口にしていく。いつになく明るく語る斎藤はとても楽しそうだ。感情豊かに、悲しい場面は眉《まゆ》をへにゃりとさせながら、かっこいい場面は顔を輝かせながら、時には身振《みぶ》り手振《てぶ》りをつけて教えてくれる。はしゃぐ斎藤は珍しく、とても可愛《かわい》らしい。緩みそうになる口元をなんとかこらえながら斎藤の姿を記憶《きおく》に焼き付ける。

しばらく斎藤の感想を聞き続けたが、段々自分も熱が入ってくる。やはり自分が好きな作品を他の人も気に入ってくれるのは嬉《うれ》しい。次第《しだい》に話に夢中になる。あまりに話に気を取られていたせいか、斎藤との距離が縮んでいることに気が付かなかった。トンッと腕どうしがぶつかってしまう。

「あっ、悪い」

「い、いえ、こちらこそすみません」

盛り上がっていた空気は霧散《むさん》し、微妙《びみょう》に居心地《いごこち》の悪い雰囲気《ふんいき》が漂《ただよ》う。やってしまった。せっかく盛り上がっていたのに。少し気まずそうに俯《うつむ》いている斎藤の姿が一層申し訳なさを駆《か》り立てる。どうしたものか考えながら横目に斎藤の顔を見ると、ぱちりと目が合った。なにか迷うようなそんな視線。何度か瞳が左右に揺れ動く。

「あ、あの……」

「お、おう。どうした？」

「田中くんの腕ってやっぱり男の人の腕って感じですよね」

「……そうか？」

急に何を言い出すのか。斎藤の言いたいことが良く掴めず首を傾《かたむ》ける。斎藤はちらちらと俺の腕に視線を送り、口をきゅっと引き結ぶ。

「俺の腕、そんなに気になるのか？」

「え、えっと……」

顎に左手を当てて、迷うように視線を机の上で彷徨わせる。そして控えめにこくりと頷《うなず》いた。

「……さっきぶつかったときもそうですけど、やっぱり筋肉質といいますか、私の腕とは違うなと思いまして」

「まあ、女子と男子の違いはあるだろ」

特に鍛《きた》えているわけではないので、自分の腕は筋肉ムキムキというわけではない。男子の中では細い方だろう。だが、斎藤の柔《やわ》らかそうな腕と比べれば幾分《いくぶん》か筋肉質なのは確かだ。

「あ、日頃《ひごろ》分厚い本を持って読んでいるのが原因かもしれない」

「それなら今頃《いまごろ》私も筋肉マッチョになっていますからね？」

斎藤が筋肉ムキムキになっている姿。ちょっと面白い。このお嬢様《じょうさま》みたいな雰囲気で体だけごつごつしているのは、シュールだ。

「斎藤の筋肉マッチョな姿は少し見てみたいな」

「ま、まさか、そういう方がタイプなんですか⁉」

目を真ん丸くして固まる斎藤。これは絶対本気にしている。ちょっとした冗談のはずだったのだが……。

「それは誤解だ。斎藤のそんな姿が想像つかないから面白そうだと思っただけだ」

「ま、まあ、そうですよね。冗談だって分かっていましたよ。ええ、もちろん」

「完全に信じてた反応だったけどな」

分かりやすい嘘《うそ》。どう見ても真に受け止めている態度だった。普段の警戒心《けいかいしん》はどこへ行った？　疑《うたぐ》り深《ぶか》いはずの斎藤がこの有様とは。ジト目で斎藤を見つめれば、俺の視線から逃《のが》れるようにコホンッと咳《せき》ばらいを一つ入れた。

「田中くんの感性が一般的《いっぱんてき》なものだと分かったんですからいいじゃないですか」

「誤解が解けたならそれでいいけどさ。それでなんで俺の腕なんかにそんな関心を持ったんだ？」

「前々から思ってはいたんですが、ぶつかったときに改めて違《ちが》うなって。……触《さわ》ってみてもいいですか？」

「え？」

上目遣《うわめづか》いにこちらを窺う斎藤。頬が茜色《あかねいろ》に染まっている。斎藤が自分の発言の意味を理解していないわけがない。それは斎藤の様子からも分かった。

薄々《うすうす》感じていたが、これは俺の勘違いではないと思う。斎藤が積極的になっている気がする。少なくともこれまでの斎藤が自分から俺に触ろうとしてくることはほとんどなかった。あまりに予想外の行動に言葉を失う。

「い、いえ、嫌なら大丈夫《だいじょうぶ》です……」

返事をすることなくただ固まっていたので俺が嫌がっていると思ったのか、しゅん、と肩を窄《すぼ》めて俯くように顔を伏《ふ》せた。

「い、いや、別に……嫌ではないぞ？」

「なら、いいですか？」

「ま、まあ……」

別に断る理由もないし、そんなに落ち込《こ》まれてしまうとなんとなく見ているこっちが心が痛くなる。好きな人にならば触《ふ》れられても嫌ではないし、日頃の恩返しの意味も含《ふく》めて出来るだけ要望には応《こた》えたい。

少し緊張《きんちょう》しながら腕を差し出すと、彼女《かのじょ》は耳を赤くしながらおずおずと腕に触れてきた。細く白い綺麗な指先が肌《はだ》を撫《な》でる。壊《こわ》れ物《もの》を扱《あつか》うように丁寧に触り、腕の感触《かんしょく》を確かめている。

さわさわと控えめに触るのでなんというかむず痒《がゆ》い。腕に指を這《は》わせてスーッと撫でる仕草は、どこか扇情的《せんじょうてき》で妙な気分になってしまいそうだ。決していやらしいことをしているわけではないが、劣情《れつじょう》を駆り立てられている気がしてくる。

それに加えてまじまじと真剣《しんけん》に見つめられながら異性に体を触られるという経験なんてこれまで一度もなかったので、少しだけだが羞恥《しゅうち》もこみ上げてくる。少しの間我慢《がまん》していたが、だんだんと耐《た》えきれなくなりつい尋《たず》ねた。

「なあ、くすぐったいんだが……。もう、いいか？」

「は、はい、もう大丈夫です」

夢中になっていたのか、少し驚《おどろ》いた声を上げる。俺の腕を見つめ、ちょっとだけ名残惜《なごりお》しそうにしながらも手を腕から離《はな》した。

触れられていた緊張から解放され、ほっと息を吐《は》く。無意識に肩に力が入っていたらしく、強張《こわば》っていたことを自覚した。

「どうだった？」

斎藤が触りたがるようなものではないと思うが、気になり尋ねてみる。斎藤は恥ずかしそうに少し目を伏せながら、上目遣いにこちらを見つめてきた。ほんのり頬を色づかせて微《かす》かにはにかむ姿は愛らしい。その表情のまま情感のこもった声でポツリと小さく呟く。

「えっと……自分の腕とは違ってかなり筋肉質で触り心地《ごこち》が違いましたね。想像していたよりもずっと違っていて、その……田中くんも男の人なんだなーってちょっとドキドキしました……」

「お、おう。そうか……」

こんな表情を見せられて勘違いせずにいられようか。一気に心臓が跳《は》ね上がる。あまりに魅力的《みりょくてき》な微笑みを見ていられず、そっと視線を逸らした。

斎藤は一度目を伏せると、さっきまで触れていた自分の指先を眺《なが》める。その頬は薄《うす》く赤い。

「……俺の腕はともかくとして、貸した本を気に入ってくれたなら良かった」

「はい。それはもう。読み終わるのは一瞬《いっしゅん》でした」

「ちなみに貸した本の続きもあるぞ？」

「ほんとですか⁉」

軽く話題を振《ふ》ってみたが、凄い食い付きだ。目が輝いているし、元からぱっちりした目がさらに大きく見開かれている。いつも俺に言ってくるが斎藤も大概《たいがい》だと思う。普段の冷静さはどこに行った？

「……貸そうか？」

「ぜひぜひ！　まさか続刊があったなんて」

ちょっとだけジト目をしてみたが、斎藤に気付いた様子はない。自分の両手を組んで虚《こ》空《くう》を見つめ、声を弾ませる。

「もう持ってきているんですか？」

「いや、流石に家」

「それでしたら今から田中くんの家に行ってもいいですか。早く読みたいんです」

「え？」

「だめ、ですか？」

「いや、いいけど」

斎藤が俺の家に来る。そんなの意識しないはずがない。動揺が抑えきれず、顔が熱くなる。一体斎藤はどういうつもりなんだ。

異性の家に行くと言っているというのに、斎藤は特に気にした様子もない。きらきら期待に満ちた目だ。あ、完全に本に気を取られてるやつですね。動揺している自分が馬鹿《ばか》らしくなってくる。

「じゃあ、行くか。あまり遅《おそ》くなるとまずいし」

「遅くなるとだめなんですか？」

「そりゃあ、そうだろ。夜道は危ないし、それに夜に異性の家にいるというのは、流石にな……」

「っ⁉」

今気付いた、と言わんばかりに分かりやすく目を丸くして固まる斎藤。やっぱり思った通りだ。

「嫌ならやめるけど？」

「い、嫌じゃないです。ただ本を借りに行くだけなんですから、問題はないですし。あくまで本を借りるだけです。いいですね？　田中くん」

「分かってるよ」

斎藤の頬が若干赤い気がするが、それを指摘《してき》するのは野暮だろう。藪《やぶ》をつついて蛇《へび》を出す勇気は俺にはない。触らぬ神に祟《たた》りなしだ。

どうしてこうなったのか、少しだけ首を傾《かし》げながら図書館を出た。

外に出ると既に日は完全に沈《しず》んでいた。校舎の窓からの光がわずかに校庭を照らし、でこぼこした土のグラウンドが微かに見える。部活の人たちは片付けをしているようで、校庭を均《なら》していた。

それ以外に人気《ひとけ》は無く、近くにいる人はいない。これなら一緒《いっしょ》にいても大丈夫だろう。

靴《くつ》を履《は》き終えた斎藤が校舎から出てきた。

「すみません。お待たせしました」

「よし、行くか」

薄く灯《あか》りに照らされた斎藤が妙に色っぽく見える。暗闇《くらやみ》の中で煌《きら》めく黒髪《くろかみ》がどこか幻想《げんそう》的《てき》だ。見慣れたはずの姿が新鮮に見えて、僅かに心臓が跳ねた。

暗闇の中で一筋だけ照らされた道を歩いて校門を出る。この時間まで学校にいたのは久しぶりなので変な感じだ。昼間の温《ぬく》もりは全くなく、吐く息が白い。巻いていたマフラーに顔を沈める。

「ふふふ、なんだか夜に一緒に歩いているのは変な感じですね」

「確かにな。一緒に帰ること自体ほとんどないし」

「夜一緒にいると初詣《はつもうで》の日を思い出します」

「……そうだな」

　あの日のことは忘れられない。偶然《ぐうぜん》手を繋《つな》いでしまったこと。しおりを直したら泣くほど喜んでくれたこと。くっつかれたこと。そして自分の気持ちを自覚したこと。どれも記憶に新しい。あの日の自分を思い出して、背中が微妙にむず痒くなる。

「私の家からいつも歩いて帰っていますけど、近いんですか？」

「多分、二十分くらいだな」

「それならもう少しかかりそうですね」

「本当に来るのか？　時間かかるし、明日持ってくるぞ？」

「もちろん行きますよ。本が私を呼んでいるんです。お迎《むか》えにいかないと。それに、田中《たなか》くんの家はどんな感じなのか気になりますし」

「別に普通の家だぞ？　期待するようなものは何もないと思うんだが」

「田中くんの家が普通の家なわけがないじゃないですか。どうせ沢山《たくさん》の本があるんでしょう？」

「どうして分かった⁉」

「むしろ、分からないと思っていたことの方が不思議です」

はぁ、と分かりやすくため息を吐く斎藤。気を取り直すように顔を上げる。

「田中くんがこれまで買って読んできた本がどんなものなのか、ぜひ知りたいんです」

「まあ、本棚《ほんだな》見るくらいは別にいいけど」

「もしかしたら、田中くんの秘密が何か見つかるかもしれません」

「俺の家の本棚に何を期待してるんだ……」

やる気に満ちているところ申し訳ないが、あいにく秘密とかそういうものはない。そもそも知られて困ることはほとんどないし。斎藤に知られて困るのはこの自分の気持ちぐらいだろう。そっと小さく息を吐く。

夜道のせいで見慣れた道さえ姿が変わって見えたが、特に迷うことはない。既に何度も通った道。間違えるはずがない。寒さに段々体の熱が逃《に》げていくのを感じながら進んでいく。斎藤の家へ向かう分かれ道の交差点も超《こ》えて、自分の家に向かう。この道で斎藤と一緒に歩いている違和感《いわかん》が凄い。ちらっと隣を見ると、冷えて白くなった頬の斎藤が髪《かみ》を揺《ゆ》らしていた。

「はい、到着《とうちゃく》。ここが俺の家」

「ここですか」

無事到着し家を視線で示すと、斎藤はまじまじと外観を眺める。特に変わったところはない普通《ふつう》の一軒家《いっけんや》のはずだが、何度も目を瞬《まばた》かせる食い付きようだ。

「何か変なところでもあったか？」

「いえ。田中くんのお家《うち》は一軒家なんですね」

「まあな」

頷くと斎藤がはっと口を開けた。

「今更《いまさら》ですけど、急に来て大丈夫でしたか？」

「別に。俺は大丈夫だ」

「いえ、ご家族の方とか」

「ああ、そういうことか。今、両親は海外にいるから気にしなくて大丈夫」

「え？　海外？　ということは田中くんも一人暮らしなんですか？」

「今のところはな」

突然の一人暮らしには驚いたが、もう慣れてしまった。大変ではあるけれども、これまでよりも本を沢山買えるようになったから良しとしよう。

「田中くんが一人暮らしだったなんて……。大丈夫ですか？　ちゃんとご飯食べてますか？」

「ちゃんと食べてるよ」

「本当ですか？」

「流石《さすが》にそのぐらいは出来るって。俺を何だと思ってるんだ」

「田中くんのことですから、本に夢中で寝食《しんしょく》を忘れることは日常茶飯事《にちじょうさはんじ》なのかと……」

「どんだけ俺は信用無いんだ。日常茶飯事だったら死んじゃうだろ。たまにぐらいだから安心してくれ」

「それ、全然安心できません。ちゃんと食べてください」

いつになくナイフのように鋭い視線が突《つ》き刺さる。怖《こわ》い。何度も首を縦に振った。

「一人暮らしと聞いて段々不安になってきました。お家ちゃんと片付けていますか？」

「それは本当に安心してくれ。綺麗にしてあるから」

「本当ですか？」

眉を寄せて疑る視線を向けてくる。俺への信用、無さすぎじゃない？

「本当だっての。見せてやるから。ほら、どうぞ」

玄関《げんかん》まで斎藤を連れて鍵《かぎ》を開ける。扉《とびら》を開いて中へと通すと、斎藤はぐるりと見回した。

「……確かに玄関は綺麗ですね。ですがまだ部屋が散らかっている可能性も」

「じゃあ、どうぞ」

リビングに案内すると、斎藤は目をぱちくりとさせて入り口で足を止めた。

「本当に綺麗《きれい》です。ま、まさか私が来るのを見越《みこ》して？」

「どんな超能力者だよ」

斎藤が俺の家に来るなんて誰《だれ》が予想できるか。今日の前に斎藤がいるのも信じらないくらいだ。馴染《なじ》んだリビングに斎藤がいる違和感が凄い。

「本は本棚に飾《かざ》ってこそだからな。埃《ほこり》は天敵だから掃除《そうじ》はしてるんだよ」

「結局、本のためでしたか……」

納得《なっとく》はしたようだが、大きくため息を吐かれた。なぜだ。

「本はそこの三つの棚《たな》とあとは二階の俺の部屋。飲み物用意するから、適当に本棚でも見ててくれ」

「分かりました」

「温かいお茶か麦茶なら出せるけど、どっちがいい？」

「え、お茶を淹《い》れられるんですか？」

「淹れられるよ」

「では、お茶でお願いします」

「あいよ」

斎藤の中での俺の扱いがかなり酷《ひど》いような気がするのは気のせいだろうか？　なんともいえない微妙な気持ちのまま台所に向かう。

食器棚《しょっきだな》から久しく眠《ねむ》っていた湯呑と急須《きゅうす》を取り出して、お湯を沸《わ》かす。お湯が沸くのを待つ中斎藤を見ると、興味深そうに本棚を眺めていた。中腰《ちゅうごし》に屈《かが》み、じっくり背表紙からタイトルを目で追っている。横顔から見えた黒の瞳が縦に動く。

ケトルが沸騰《ふっとう》でことこと揺れ始めた。かちりとスイッチが切れてお湯が沸いたことを告げる。久しぶりであるが記憶の片隅《かたすみ》に眠っていたお茶の淹れ方を思い出して、淹れ終えた。

「ほら、お茶が入ったぞ。テーブルに置いておくな」

「あ、ありがとうございます」

リビングに置かれた低いテーブルに湯呑を置く。斎藤は本から一瞬だけこっちを向くとすぐに本棚に戻《もど》った。

「なにか面白《おもしろ》そうな本あったか？」

「私が読んだことがない本が何冊もありますね。私が読む本はほとんどが推理小説なので、こういった青春ものや歴史小説は新鮮です」

「基本どんなものでも面白そうなら読むからな。他にもラノベとかそういうものも読むぞ」

「本当に本というものが好きなんですね」

「まあな」

「ちなみに私が借りた本の続刊はどこに？」

「それなら俺《おれ》の部屋だ。そっちも見るか？」

「ぜひ！」

眩《まばゆ》く顔を輝かせる斎藤。

「ここの本棚と同じようなものだぞ？」

「ふふふ、田中くんの恥ずかしい秘密が部屋にあると私の勘が告げているんです」

「さっきから一体何を探す気なんだよ……」

異様なやる気を見せる斎藤を横目に、お盆《ぼん》に載せた湯呑を持って俺の部屋へと階段を上がる。上る途中《とちゅう》でも背中から不思議そうな斎藤の呟きが聞こえた。

「本当に綺麗ですね」

「掃除はしているし、何より家では本を読んでることがほとんどだから、物が散らかることはまずありえないな」

「なんだか田中くんの本バカが素晴《すば》らしい気がしてきました」

だから呆《あき》れられても困るって。肩を竦《すく》めて先へ進む。二階に着き左に曲がって自分の部屋の机にお盆を置いた。

「ここが田中くんの部屋ですか……本ばっかりですね」

「本以外に部屋に何を置くって言うんだよ」

壁際《かべぎわ》には、一面に本棚四つが綺麗に並んでいる。各出版社ごとに綺麗にそろえているところが俺のこだわりポイントだ。斎藤は本棚に寄ると、一階のときと同じように見始める。

「続刊は確か、そこの本棚にあった気が」

一番右端《みぎはし》の本棚の最下段から続刊を探し出す。予想通りすぐに見つかった。深い青色のカバーは綺麗で、何年も前のものには見えない。手に取り斎藤のところに戻る。

「ほら。これが続きの本」

「ありがとうございます」

手渡《てわた》すと斎藤は表紙をじっと見つめ、ほのかに口元を緩《ゆる》める。

「お望みの俺の秘密は見つかったのか？」

「卒業アルバムを見つけちゃいました。幼いころの田中くんなんて超《ちょう》シークレットものです。見てもいいですか？」

「隠《かく》していることなんて一切《いっさい》ないんだが。まあ、好きに見てくれ」

承諾《しょうだく》すると、斎藤は本棚から卒業アルバムを全部取り出した。

「見るなら全部に決まっています。もう許可はもらいましたから、今更撤回《いまさらてっかい》してもだめですよ」

「全部見るのかよ」

楽しそうに声を弾ませて、腕《うで》で卒業アルバムを抱《かか》えながら机へと運び出す。黒髪の毛先が躍《おど》るように揺れ動いていた。

机にそっとアルバムを置く。そのままぽすりとグレーのソファに座った。特にやることもないので、自分も隣に座る。それにもしかしたら万が一変なことを書いているかもしれない。斎藤のせいで妙《みょう》に不安だ。

「まずは幼稚園《ようちえん》の卒園アルバムからにしましょう」

一番小さいサイズのアルバムをカバーケースから取り出すと、表紙から一枚ずつ捲《めく》り始める。懐《なつ》かしい幼稚園の外観の写真や遊具の写真なんかが貼《は》られていた。さらに進むと各組ごとの園児の顔写真が並ぶページが現れる。

「田中くんは何組ですか？」

「確か梅組だったはず」

パラパラと捲って梅組のページを開く。斎藤は瞳を動かし、ぴたりと止めた。

「あ、田中くんの写真がありました。今とは全然違いますね。少し面影《おもかげ》があるくらいでしようか？」

「そんなに違うか？　結構同じな気がするけどな」

「目が違いますよ。田中くんにもこんな純真そうな目をしていた時があったなんて」

「おい、暗に今の俺のこと馬鹿にしてるだろ」

見比べるように俺とアルバムの間で視線を行き来させる斎藤。信じられないようで何度も往復する。

「いえいえ、幼稚園の田中くんがそれだけ素晴らしいってことですよ。幼い田中くんは可愛いですね。こんなに可愛いと誘拐《ゆうかい》されないか心配です。誘拐されませんでしたか？」

「誘拐されてたらここに俺はいないだろうが」

どんな想像をしているんだ。そんな狙《ねら》われるような容姿はしていないし、斎藤の感性はいまいちわからん。

「それだけ可愛いっていう話です」

そう言ってページを進める。紙の擦《こす》れる音が何度か響《ひび》いて、今度は園児の日常風景の写真のページになった。もちろん、そこにも俺の姿が写っている。

「あ、ここにもいました。ほら、泥団子《どろだんご》を作っていますよ。田中くんが外で遊んでいるなんて信じられませんね」

俺の写真を指差して楽しそうに微笑《ほほえ》む斎藤。俺を暗に引きこもり扱いしていることに引っかからないことはないが、その軽《かろ》やかな笑《え》みにつっこむ気も失《う》せる。

「そんなに見て楽しいか？」

「楽しいですよ。田中くんにもこんなに幼い時があったなんて変な感じです」

「斎藤は今も昔もあんまり変わらなそうだよな」

小さいころに仕切りたがる女子がよくいたが、絶対斎藤もそのタイプな気がする。ミニ斎藤が口うるさくずばずば言う姿が容易に目に浮《う》かぶ。

「そうですね。多分そこまで変わっていないと思います」

「斎藤は写真とかないのか？」

「あ、一枚だけ幼稚園のころの写真は持ってますよ。データ化してスマホに入れてあるんです」

鞄《かばん》からスマホを取り出すと、人差し指で画面を操作する。

「はい、これです」

「おお……！」

画面に映る二人の人物。斎藤によく似た大人の女性と幼稚園の制服らしきものを着た小さい女の子が、仲良く二人で手を繋いでいる。今より幾分あどけない表情で満面の笑みを浮かべているツインテールの少女は、確認《かくにん》するまでもなく斎藤であることはすぐに分かった。

美少女の片鱗《へんりん》どころか半分は現れているその容姿なら、さぞやモテただろう。なかなか見られない無邪気《むじゃき》に笑う天真爛漫《てんしんらんまん》な笑顔《えがお》は陽だまりのように誰をも惹《ひ》きつけたに違いない。

「少し幼いけど、確かにあまり変わらないな。これならさぞモテたんじゃないか？」

「今思えば好かれていたんだろうなとは思いますけど、モテている自覚は当時はなかったですよ。ほら、幼い男子ってからかってくるじゃないですか？　なんで意地悪されているのか分からなくて泣いていた記憶しかないです」

「……それはとんだ災難だったな」

今とは違う形とはいえ、昔から異性に苦労していたとは。なんで幼い時って男は好きな女子のことをからかうのか。周りにいた奴《やつ》も同じようなことをして嫌《きら》われていた。

「田中くんも誰かからかったりしていたんですか？」

「まさか。一人で遊んでることがほとんどだったからな。からかうも何もそもそも関《かか》わりがなかった」

「子供の時からボッチだったんですね」

「その憐みの視線やめろ」

別にボッチではないし、仲良くしていた友達ぐらいはいた。今だって別に話すくらいの人はいるし。

「隣の人は斎藤のお母さんなのか?」

「はい。あまり一緒に映っている写真がないので貴重なんです」

「かなり似てるよな」

「そうですか?」

画面に映るお母さんを不思議そうに眺める斎藤。何度も目をぱしぱしと瞬かせる。

「全体的に今の斎藤を大人っぽくした感じ。斎藤も大人になったらこういう綺麗な人になりそうだな」

「……きれいな人ですか?」

「ああ。これだけ似てるんだから同じ感じになるだろ」

こんなに似ているのに、ここから真逆に変わるようなことが起こるとは思えない。頷くと、なぜか斎藤の顔に笑みが浮かんだ。

「ふふふ、ありがとうございます」

確率的な話として認めただけだというのに、どうしてそんなに嬉しそうなのか。お母さんと似ていることがそんなに喜ぶことだったのだろうか? 内心で首を傾げながらアルバムに戻った。

「はぁ。田中くんの成長物語は面白かったです」

パタンとアルバムを閉じると、斎藤は籠《こも》った吐息《といき》を漏《も》らす。本当に卒業アルバムを全部見終わってしまった。机に置かれた見終わったアルバムの山に、最後のアルバムが積み重なる。

斎藤は冷めてしまったお茶に手を伸《の》ばして、こくりと一口飲む。ふぅ、と小さく息がまた出た。

「物語って言えるほど起伏《きふく》に富んだ人生ではないけどな。ただ本を読んで過ごしてきただけだし」

「いえいえ。それでも田中くんの成長具合は見て取れましたよ。……まあ、主に本好きの度合いが悪化していく過程でしたけど」

「久しぶりに見たけど、俺もあそこまで写真の俺が本を読んでいる姿ばかりだったとは思わなかった」

さすがに呆れる斎藤を嗜《たしな》めることは出来ない。給食の時間や休み時間、あるいは体育祭の時などどの状況《じょうきょう》でも俺は本と向かい合っていた。もう少し過去の俺はなんとかならなかったのか？

ここまではっきりと写真に残されていると、少しだけ自重しようという気持ちも出てくる。今度からは何かのイベントごとの時は読書は控《ひか》えるとしよう。

斎藤が席を立つ。アルバムを本棚に戻すと、また本棚を眺め始める。ゆっくりと首を動かしていたが、途中でぴたりと止めた。

「ここらへんって先ほど話していたラノベの本たちですか？」

「ああ、そうそう。中学の時に勧《すす》められて買ったんだよ。軽い読み口は新鮮《しんせん》で結構はまってな。当時はかなり買ってた」

「そういうものがあるのは知っていたんですけど、読んだことはないんです。面白いですか？」

「ラブコメ系とかは当たりはずれはあるけど、これとか面白かったぞ」

当時ラブコメにハマるきっかけになった本を指さす。小悪魔《こあくま》系のヒロインが主人公を惚《ほ》れさせようと頑張《がんば》る話なのだが、心情描写《びょうしゃ》が意外と繊細《せんさい》で引き込まれる話だ。

「読んでみてもいいですか？」

「ああ、どうぞ」

本棚から本を抜《ぬ》き取り斎藤に手渡すと、ぺこりと頭を下げて受け取った。そのまま渡《わた》された本の表紙を見て、斎藤はわずかに頰《ほお》を桃色《ももいろ》に染める。

（あっ）

久しぶりで完全に忘れていたが、ラノベというものは表紙が少々過激なところがある。一巻の表紙は膝上《ひざうえ》のミニスカートの制服姿のヒロインが椅子《いす》に座《すわ》っていて、ローアングルのせいで、下着が見えそうになっており、少々足が強調されたイラストだ。斎藤はあまり性的なものに耐性《たいせい》がないので、何か言ってくるかもしれない。思わず身構える。

だが、特に文句のようなものが飛んでくることはなく、「えっちです……」と控えめな声が漏れ聞こえただけで、斎藤はそそくさとソファに戻っていった。

ソファに座った斎藤は控えめな動きで表紙を捲る。興味はあるようで、瞳《ひとみ》の奥《おく》がほんのり明るい。ゆっくりとした動きでいくつものイラストを確認していく。

決していやらしい話ではないのだが、異性の同級生にあいった本を読まれるのは少し気恥《きは》ずかしい。隣《となり》にいるのはいたたまれないので、本棚のところで別の本を探すふりをしつつ、斎藤の様子を窺《うかが》う。

イラストを見終えた斎藤は、今度こそ読み始めた。視線が縦に動き文字を追う。ページを捲るたびに、徐々《じょじょ》に斎藤が前のめりになっていく。食い入るように本を見つめ、どうやら物語に引き込まれているらしい。この様子だと気に入ってくれたに違いない。

あの本はそこまで読むのに時間はかからないので一時間ぐらいで読み終わるだろう。せっかく集中しているのに横やりを入れるのはやめて、自分も読みかけの本を読んで待つことにした。

時計の針が時を刻む音が何度も部屋に響きわたる。拍動《はくどう》にも似た心地《ここち》よい響きが一層本への集中を誘《さそ》う。紙の擦れる音が何度もさらさらと奏《かな》でられて耳を擽《くすぐ》った。

「た、田中くん！」

本棚に寄りかかりながら読んでいたが、いつの間にか斎藤が近寄ってきていた。顔面三十センチの位置で斎藤が見上げてくる。ち、近い。

「ど、どうした？」

「なんですか、この本は！」

「えっと、微妙《びみょう》だったか？」

詰《つ》め寄ってくる気迫《きはく》に思わず後ずさる。だが後ろは本棚でそれ以上下がることは出来なかった。

「違います。もうヒロインの女の子が本当に可愛《かわい》くて！　思わず応援《おうえん》しちゃいましたし、きゅんきゅんしました」

「そ、そうか。気に入ってもらえたならよかったよ」

とりあえずは楽しんでもらえたみたいだ。いつになく饒舌《じょうぜつ》だし。

「最初、こんなはしたない格好で少し批判的に見ていましたが、私が間違《まちが》っていました。そんなことは関係なく、しっかり物語の起伏が凄《すご》くて引き込まれましたし、なによりヒロインが可愛すぎです」

「確かにヒロインは可愛いよな。それがその作品のウリだし。女子からしても可愛いんだ？」

「もちろんです。一途《いちず》に頑張ってる感じが応援したくなりますよ」

「実際にあんな小悪魔な人はなかなかいないと思うけどな」

好きな人相手にあそこまでからかうような素振《そぶ》りを見せられる人はなかなかいないと思う。少なくとも恋愛下手《れんあいべた》な俺には思わせぶりな行動は絶対できない。そもそも男の小悪魔とか需要《じゅよう》あるのか知らないが。

「確かに現実にはなかなかいなそうですが、でもそんなことが気にならないくらい可愛いです」

「余程《よほど》気に入ったんだな」

「田中くんもああいうからかう感じの女の子は可愛いと思うんですか？」

「そりゃあ、可愛いとは思うけど」

好きな人が向こうから来てくれて嬉《うれ》しくないわけがない。まあ、斎藤の小悪魔な雰囲気《ふんいき》なんて想像もつかないが。俺の返事に斎藤は目を伏《ふ》せてそっと呟《つぶや》く。

「ふーん、そうなんですね」

「なんだよ」

「ちなみにどういった行動が良かったとかありますか？」

「それなら、途中でふざけた感じだけど好意を伝えてくる部分だな」

途中でヒロインの女の子が主人公に「好き」と伝える部分がある。真面目《まじめ》な雰囲気で告げるわけではないのだが、彼女なりの精いっぱいの好意の伝え方が可愛くてかなり印象深いシーンだ。

「なるほど。あのシーンですか」

斎藤はふむ、と顎《あご》に人差し指を当てながら頷《うなず》く。

「確かにあのシーンは可愛いですよね。田中くんが気に入るのも納得です」

「だろ？」

「憧《あこが》れたりします？」

「好きな人が相手ならな」

「ふふふ、そうですか」

意味深に斎藤は笑みを浮かべて、手元の本に視線を落とす。

「そろそろ遅いし帰った方がいいんじゃないか？」

「もうこんな時間ですか。確かにお暇《いとま》させていただきますね」

部屋の壁《かべ》の時計はもう間もなく八時を示している。斎藤も時計を見て、荷物の整理を始める。貸した本を鞄に入れ、湯呑に残ったお茶を飲んで立ち上がった。

「家まで送ってくよ」

「いえいえ。お構いなく。田中くんが二度手間になってしまいますし」

「……本当にいいのか？」

「はい。大丈夫《だいじょうぶ》です。送る分の時間は本を読むことに使ってください」

首を振られてしまえばこれ以上は無理強《むりじ》いだろう。心配ではあるが頷いて玄関に案内する。階段を降りると冷えた空気がぴりぴりと玄関に立ち込《こ》めていた。外気が下がっているらしい。吐《は》く息が僅《わず》かばかり曇《くも》る。

斎藤は靴を履いて立ち上がると、振り返って俺と向き合った。

「今日はありがとうございました」

「いいって。それより本当に送らなくていいのか？」

「心配してくれてありがとうございます。でも本当に大丈夫ですので」

「そうか」

「こちらこそ、急にお家に来てしまいましたが大丈夫でしたか？」

「気にするな。斎藤ならいつだって別に構わないし」

好きな人が家に来ることに最初こそ緊張《きんちょう》したが、過ぎてしまえばいつも通り本を読んでいるだけだった。そもそも普段《ふだん》好きな人の家に行っていることを考えれば、今更変に意識する必要はなかった。

俺の返答に斎藤は目を細めて口角を上げる。

「ふふふ。ほんと田中くんはいつも私に甘《あま》いですね」

「そうか？」

「そうです。いつも私のわがままにすぐに応《こた》えてくれて、もう甘々です。まったく。そんなに私のことが好きなんですね。大丈夫です。私も田中くんのこと好きですよ」

「なっ⁉」

くすりと蠱惑的《こわくてき》に微笑む斎藤。上目遣《うわめづか》いの二重《ふたえ》の瞳がいたずらっ子のように薄《うす》く細められる。あまりに予想外の不意打ちに動揺《どうよう》を隠しきれなかった。

「あれ？　顔が赤いみたいですよ？」

からかう口調で声が弾《はず》んでいる。こてんと首を傾げる姿が実にあざとい。

「……それ、さっき話した本のシーンのやつだろ」

「はい。田中くんが憧れていたみたいなので、突然の訪問を許してくれたお礼にやってみました」

「勘弁《かんべん》してくれ……」

くすくす肩《かた》を揺らす斎藤の姿にため息しか出てこない。一瞬《いっしゅん》自分の気持ちがばれたのかと思った。からかうにしては本当に心臓に悪い。確かに想像していた部分はあったが、斎藤の小悪魔なからかいがここまでとは。頬に籠った熱はまだ抜けない。

「すみません。からかってしまって」

「はぁ……びっくりするからもうやめてくれ」

「はい。すみません」

にっこりと満面の笑みを浮かべて頷く斎藤。俺の反応に満足したらしい。

「じゃあ、またな」

「はい。お邪魔《じゃま》しました」

ぺこりと頭を下げると斎藤は扉を開けて出ていく。斎藤の姿が闇《やみ》に消え、扉がガチャンと閉まった。シンッと静かになった空間で息を吐きだす。

「あれはずるいだろ……」

脳裏《のうり》に焼き付いた小悪魔な斎藤の笑む姿に、俺の言葉が溶《と》けて消えていった、

第六章　三人で過ごす休日

日曜日。久しぶりに休日に日光を浴びている気がする。家を出るとからっとした大空が広がっていた。幸い天候は良く、お日様が燦燦《さんさん》と辺りを照らしている。そのおかげかいつもより暖かい。風もなくほんわりした温もりを肌《はだ》で感じる。天に手を伸ばし背伸《せの》びをすると、骨がこきこきと鳴った。

基本出かけるよりも家で本を読んでいるほうがはるかに満足するのだが、意外にも今回のお出かけが楽しみな自分がいる。映画の評価をネットで調べてみたが、なかなか好評らしい。

あまり期待すると肩透《かたす》かしで終わってしまう可能性が高くなることはわかっているのだが、原作の小説も高い評価を受けている以上、期待せずにはいられない。柊《ひいらぎ》さんも興味があると言っていたので、楽しめるといいのだが。

久しぶりのわくわく感が躍る。今日は良い日になりそうだ。そこまで考えたところで舞《まい》さんの存在を思い出し、一気にいい気分は霧散《むさん》した。

（……今日もからかってくるんだろうな）

舞さんのからかう姿はなんとなく和樹《かずき》を想起させる。あのいたずらっ子な笑みは可愛らしいが少し苦手だ。いい人ではあるのだが、ことあるごとに俺や柊さんに仕掛《しか》けてくるので、翻弄《ほんろう》されないように気をつけないと。

集合場所の駅前広場に到着すると、既《すで》に二人がベンチに座って待っていた。まだ集合時間まで五分あるのに。真面目な柊さんはともかく、あの舞さんは絶対遅刻《ちこく》してくるタイプだと思っていたので意外だ。

柊さんは紺色《こんいろ》のコートにクリーム色のストールを首に巻いており、大人っぽい印象が強い。首元の襟《えり》を立てそこに顔を埋《うず》めている。一方舞さんは、白のニットに下はピンクのチュールスカートを履《は》いていた。対照的な二人が並び、こちらに手を振《ふ》ってくる。

「あ、田中先輩《たなかせんぱい》！　もう遅《おそ》いですよー」

「ごめん。でもこれでも集合時間の五分前だぞ？」

「甘いですね。女の子を待たせている時点で失格ですよ？　好きな人からの好感度はだだ下がりです。まあ私は心が広いので許してあげますけど」

ドヤ顔の舞さんが腹立たしい。自分で言っている時点で心は広くないと思う。ただ待たせたのは事実だ。

「集合時間に間に合えば十分って考える人もいるんじゃないの？」

「そうですけど、好きな人がそうだとは限らないじゃないですか。ね、柊先輩？」

「わ、私は別に約束の時間に遅《おく》れなければ気にしませんけど……」

なかなか難しい問題だ。今後斎藤《さいとう》と出かけることがあるかもしれないので考えておかないと。

「じゃあ、早速《さっそく》行きましょう！　私、楽しみ過ぎて昨日は寝《ね》られなかったんですよ」

今にもスキップしそうなほど声を弾ませる舞さん。ひょっこひょっこと髪の毛が揺れ動く。

「実は俺も結構楽しみだったんだよね」

「あ、やっぱりそうだったんですね。可愛い女子二人とデートなんて男なら夢みたいですもんね」

「いや、全然違《ちが》うけど？」

見当違《けんとうちが》いにもほどがある。何を言っているんだか。

「なんでですか！　こんな美少女と一緒《いっしょ》に出掛《でか》けられるのに」

「むしろついさっきまで舞さんの存在忘れてたよ」

「がーん」

舞さんはわざとらしく効果音をつけて肩を落とす。その姿には流石に少しだけ罪悪感が刺激《しげき》された。

「い、いや、映画が楽しみ過ぎて他のことを忘れていただけだから。決して舞さんをなおざりにしたわけでは……」

「ふふふ、それならいいでしょう。許してあげます」

さっきまでの落ち込みはどこへやら。伏せていた顔を上げたその表情には満面の笑みが浮かんでいた。調子の良い奴だ。呆れてため息が出たところで、今度こそ映画館に向かった。

久しぶりに来た映画館は記憶《きおく》にあるものよりもかなり新しかった。壁は白く、床《ゆか》のカーペットもふかふかしていて汚《よご》れがほとんどない。どうやら来ない間に改装されたらしい。本の最新情報は追っているんだが、それ以外はどうしても疎《うと》くなってしまうな。まったく、本が魅力的《みりょくてき》過ぎるのが悪い。

入り口付近で列ができている。券売機に並んでいるようだ。やはりネットの評判は本物なのかもしれない。期待値が上がっていく。

普段《ふだん》ならここで自分たちも入場券を買うところだが、今回は既にチケットをもらっているので必要ない。店長、勘違いは困りものですが、くださったことは感謝します。心の中で手を合わせた。

入場時間になり、人の列の流れに従って中へと入る。中は橙色《だいだいいろ》の明かりが館内を照らし、快適な温かさが満ちていた。店長はかなりいい場所の席を取ってくれたみたいでほぼど真ん中だった。座るとふかふかした感触《かんしょく》が体を包む。

「私、映画館なんて久しぶりです」

柊さんは俺の右手側に座り、周りをきょろきょろ見回している。物珍《ものめずら》しいらしい。心なしか瞳が輝《かがや》いているようにも見える。バイトで見る柊さんはいつも冷静沈着《ちんちゃく》なので、はしゃぐ姿はあまり見たことがない。動くたび膝《ひざ》に置かれた鞄のキーホルダーがゆらゆら揺《ゆ》れていた。

珍《めずら》しい柊さんを横目にスクリーンを眺《なが》めていると、つんつんと左から肩をつつかれる。視線を向ければ、人差し指でつついている舞さんの姿を捉《とら》える。目が合い、にっこり舞さんは微笑んだ。

「田中先輩は好きな人を映画に誘わないんですか？」

「うーん。誘うタイミングが分からないんだよね。それに向こうが自分に好意を持ってくれているか分からないのに、誘うのは微妙じゃない？」

「何を言っているんですか。むしろ誘ってみないと。その返事で向こうが田中さんをどう思っているか分かるんですから。それに話を聞く感じ、絶対彼女《かのじょ》さん、田中先輩のこと大好きですよ。もうデレデレです。間違いありません」

「そうか？」

舞さんはなにやら確信めいた言い方をしているが、どうにも信じ切ることが出来ない。

「舞さんに言われてもいまいちね……」

「なんでですか」

「日頃《ひごろ》の行い。俺をいじってからかってるようにしか思えないって」

「酷いです、先輩。からかって楽しんでるのは事実ですけど、本当にそう思っているんです」

「おい？」

今の言葉、聞き逃《のが》さないからな？　まったく、そういうところが信用が足りていない理由なのに。

「私の言葉が信用できないなら、柊先輩に聞いてみましょうよ」

そう言って視線を俺の奥にいる柊さんに向ける。柊さんはびくっと反応した。

「わ、私ですか⁉」

「柊先輩。絶対向こうの彼女さんも田中先輩のこと好きですよね？　内心デレデレですよ。それを隠すためにちょっと冷たくしてるだけですって。そう思いません？」

「え、えっと、本人ではないので、私からはなんとも……」

「じゃあ、嫌ってると思います？」

「それはないです！」

　はっきりと言いきる柊さん。その気迫に思わず体を引いてしまった。

「嫌ってるなんて。それは絶対ないです」

「ですよね！　ほら、田中先輩。柊先輩もこう言ってますよ？」

　柊さんが言うならそうなのだろう。信じるが、舞さんの得意げな顔がうざい。流石《さすが》にほぼ毎日家に入れてもらって嫌われているということはないのは俺でも分かる。

「大体、家で一緒に過ごしている時点で恋人《こいびと》と思われてもおかしくないと思いますよ。普《ふ》通《つう》女の子が異性を家に上げるなんてしません」

「それは分かるけどさ。でも、普段の態度は冷たいというか。少なくとも異性として見られているような感じはないんだぞ？」

「だから言ってるじゃないですか。それは照れ隠しですって。好きな気持ちがばれないようにしようと思うと、つい冷たく言っちゃうんですよ。柊先輩もそういう時ありますよね？」

「そ、そうですね。時々……。素直《すなお》になるのが恥《は》ずかしくてきつくなっちゃうときがあります」

唇《くちびる》を噛《か》んで、軽く伏せる柊さん。だがすぐに顔を上げた。

「で、でも、それは好きだからそうなってしまうだけなんです。だから嫌いにならないでください」

じっと真っすぐ見つめる真剣《しんけん》な視線が俺を射抜《いぬ》く。映画館の橙色の光が柊さんの瞳に映っているのが見えた。

「当たり前です。そんなことで嫌いになりませんよ」

「ほんとですか？」

「もちろんです」

じっと柊さんを見返せば、ほっと安堵《あんど》の息を吐いた。強張《こわば》っていた表情が緩み、心なしかいつもより柔《やわ》らかい。

「まったく、そんなに不安なら不意打ちで褒《ほ》めたらいいと思います。それで照れたら絶対脈ありです」

「褒めるって言われてもな……」

急に言われてもそう簡単にやり方が思いつくはずがない。女子の求めるような甘い言葉がすらすら出てくるのは和樹ぐらいだ。女慣れしていない俺《おれ》に求めるにはハードルが高すぎる。

「可愛いとでも言っておけば大丈夫です」

「そんなのでいいのか？」

「女の子はいつだって、何回言われても嬉しいものですよ。特に好きな人からなら。ね、柊先輩？」

「は、はい。好きな人からなら何回だって……」

恥じ入るように述べる柊さん。ちらっと俺に視線を向けてくる。前々からそうだが、柊さんはこういった欲求を話すのが恥ずかしいらしい。

「でも、言うのはこっちも気恥ずかしいし」

「お、お願いします。やっぱり直接言うことは大事だと思うんです。ぜひ」

「分かりました。柊さんがそこまで言うならやってみます」

柊さんの乞《こ》うような眼差《まなざ》しに仕方なく頷く。妙なことになった。改めて斎藤を褒めるとなると難しい。上手《うま》く褒められる自信がない。そもそも本当に喜んだり、照れたりするのだろうか？

全然想像つかない。不思議そうに首を傾《かし》げるか、もしくは訝《いぶか》し気《げ》なあの鋭《するど》い視線を向けられる方がよっぽど現実的な気がしてしまう。「何言ってるんですか？」と言われそうだ。柊さんが言うなら大丈夫なのだろうが。斎藤の気持ちを知るためにもやらない選択《せんたく》はない。決意を新たにして上映を待った。

上映時間になると、スクリーン横のカーテンが完全に開き、館内の明かりが消え始める。徐々に暗くなり、スクリーンと座席の足元、通路横だけに明かりが残った。

はじめは映画の広告から始まり、スピーカーから体が震《ふる》えるほどの音が響く。凄い迫力《はくりょく》だ。久しぶりのせいか、一層映画の音の激しさを感じる。同じく久しぶりだと言っていた柊さんはどうだろうか？　横を見ると、その瞳にスクリーンを映している姿があった。スクリーンの明るさが黒の瞳に眩《まぶ》しく輝く。逆を見ると舞さんの瞳も同じように輝いていた。

広告が終わるとお馴染《なじ》みの警告動画が流れ始める。カメラマンとサイレン姿の二人がスクリーン上で戦っている。これは昔から変わらないらしい。映画に行った回数は数えるほどだが、不思議とこれは覚えている。

「田中さん。このカメラの動画、まだやってるんですね」

「ちょうど今、俺も思ってました」

柊さんも同じことを思っていたらしい。耳打ちしてきた柊さんと二人でこっそりくすくす笑いあう。その後は警告動画が終わり、今度こそ映画が始まった。

「いやー面白《おもしろ》かったですね」

「本当です！　最後のトリックの種明かしは完全に騙《だま》されました！」

いつもの静かな柊さんからは想像がつかないほどにテンションが高い。

「最後のどんでん返し凄かったですよね！」

ある程度推理小説を読んでいると展開とかが段々予想がつくようになるが、それでも全く先が読めない展開ばかりだった。ここまで読めないストーリーは滅多《めった》にない。違和感《いわかん》はありながらも自然に流れていく物語。最後にアリバイトリックに見せかけた死体すり替《か》えトリックだった部分は実に鮮《あざ》やかで感動を覚えるほどだった。

一体どうやったらあんなトリックを思いつくのか。作者には畏怖《いふ》さえ抱《いだ》く。

「評判が良いだけのことはありましたね、柊さん」

「はい。久しぶりの映画でしたが来て良かったです」

力強く頷く柊さん。俺と同じく久しぶりの映画だったが、無事楽しめたらしい。

ネットでの評価が良くても自分に合わなかったことなんてよくある。それは本も映画もおんなじだ。せっかく来たのだから楽しめたなら良かった。俺自身もかなり満足だ。

映像作品だと想像の余地が減るから基本小説の方が好きなのだが、ここまで凄いと見て良かったとしか思えない。これを見たことがない奴は確実に人生を損している。和樹にも教えないと。それにこれは帰ったらバイト代を原作に貢《みつ》ぐしかない。

まだ抜けきらない余韻《よいん》に浸《ひた》りながら映画館を出る。ぞろぞろと一緒に見ていた人たちが辺りに散っていく。暗い光に慣れていたので太陽の光が眩しい。館内はかなり暖房《だんぼう》が効いていたので、外の冷えた空気が火照《ほて》った頬にはちょうど良かった。

「これからどうしましょう？　どこか行きたいところはありますか？」

「あ、一つ寄りたいところがあるんだけど、いい？」

「おや、どこですか？」

「最近できたチョコレート屋」

「ははーん。好きな人に渡すんですね？」

にやりと女の子にあるまじき笑みを浮かべる舞さん。もうその反応は飽《あ》きた。

「そうだけど、悪い？」

「いいえー、全然悪くないです。私は構いませんけど、柊先輩はどうですか？」

「……私も大丈夫ですけど、それって秘密だったりサプライズする予定のものだったりしますか？」

「いえ？　日頃お世話になっているので、そのお礼にです」

「それならぜひ」

何か気にすることでもあったのだろうか。とりあえずは納得《なっとく》したようなので、最近オープンしたというチョコレート屋さんに向かった。

この街の駅はかなり大きく、色んなお店が入っている。レストラン系や飲食類を扱《あつか》うスーパー。メンズ、レディースの衣類。様々な種類を各店が取り扱っている。だが普段は人《ひと》混《ご》みが苦手なので本を買うときにしか来たことがなかった。そのためスイーツ売り場にチョコレート屋さんがあることは分かっているのだが、肝心《かんじん》のスイーツ売り場がどこにあるのか全く見当がついていなかった。この周辺の本屋さんの位置なら地図を見なくても全部案内出来るのに。

「スイーツ売り場にあるらしいんですが、何階か分かりますか？」

「それでしたら、確か地下ですよ。よく行くので」

「地下ですか」

地下なんて未知の場所である。なんとなく若い女子がきゃぴきゃぴはしゃいで降りていく場所のイメージしかない。柊さんが下りていく姿はちょっと想像がつかない。

「意外と甘いもの好きなんですね」

「……人並です」

別に隠《かく》すこともないと思うのだが、柊さんには譲《ゆず》れない何かがあるらしい。頬を薄く染めながらそっぽを向いた。

柊さんの案内通り、エスカレーターで地下へと降りていく。初めて訪《おとず》れる地下。僅かに鼓動《こどう》が速くなる。降りていくと、各店舗が自慢の商品を陳列《ちんれつ》している景色が広がっていた。かなり煌《きら》びやかだ。もしくは俺がそう思ってるからそう見えているだけかもしれない。地下だというのに眩しく照らされ、綺麗《きれい》なチョコやケーキがあちらこちらに並んでいる。

「おお！」

これがデパ地下というやつか。テレビでは何度か見たことがあったが、実際に見るとまた違う。陳列されているどれもが美味《おい》しそうに見えてしまう。あまりに圧倒《あっとう》されておろおろしていると、舞さんが服をくいくい引っ張った。

「田中先輩。しっかりしてください。多分先輩が探しているお店はこっちですよ」

「なんで知ってんの？」

「私のリサーチ力をなめないでください。甘いお店は全部把握《はあく》済みですから」

誇《ほこ》らしげに胸を張って連れて行ってくれる。た、頼《たの》もしい。普段の態度でかなり迷惑《めいわく》していたが、今は感謝しかない。かなり混雑した人混みをすいすい潜《くぐ》り抜けて、あっという間にたどり着いた。

「はい、ここですよね？」

「お、そうそう。ここだ」

ネットで見たときと同じ名前が店の後ろの柱に書かれている。本当に分かっていたらしい。早速、商品を見て回る。

ディスプレイに商品が整然と飾《かざ》ってある。綺麗に包装されたチョコの数々。ここのお店のウリは色んな味を好きに詰め合わせて贈《おく》れることだ。一粒《つぶ》でもそれなりの値段がするから恐《おそ》ろしい。それでも日頃お世話になっているので、贈らない選択肢《せんたくし》はなかった。

「凄い真剣ですね」

横に並ぶ舞さんが俺の横顔を見て言う。

「そりゃあ、好きな人に渡すんだから出来るだけ喜んで欲《ほ》しいでしょ」

「彼女さんは甘いもの好きなんですか？」

「多分な。直接聞いたことはないけど、甘いもの食べてる時が一番幸せそうな顔してるから」

「よく見てるんですね」

斎藤の笑顔《えがお》は非常に魅力的だ。無防備というか警戒心《けいかいしん》がないというか、見ているこっちまで心が温かくなる、そんな笑顔。何度見ても飽きることはない。もっと見たいと思ってしまう。

「お世話になっているお礼でもあるけど、喜んでいる笑顔が見たいっていう下心もちょっとはある」

「ふふふ、本当に好きなんですね。田中先輩がそこまで惚気《のろけ》るなんて」

「……惚気か？」

「今のが惚気じゃなかったら何を惚気と呼んでいいかわからなくなりますよ。立派な惚気です」

「そ、そうか」

全然自覚がなかった分、指摘《してき》されると恥ずかしい。羞恥心《しゅうちしん》を誤魔化《ごまか》すように、目の前の陳列された商品に意識を向け直す。ガラスにうっすら映った自分の顔が赤くなっているのがはっきりと見て取れた。舞さんは自分の腰《こし》に右手を当てて小さく息を吐く。

「そんなに想《おも》ってくれるなんて相手が羨《うらや》ましいです。そのくらい好きな人に思われてみたいです。加えてそんな本音が聞けちゃったりしたらもう惚れること間違いなしですよ。ね？柊先輩」

「そ、そうですね」

　そんな会話が横から聞こえてくる。

「もし柊先輩が好きな人から直接言われたらどうですか？」

「ど、どうと言われても……」

「もう、仮にですよ。仮に」

「……嬉しい気持ちはもちろんありますが、それ以上に恥ずかしい気持ちの方が強いです」

「なんでです？」

「滅多にそういうこと言わない人ですから、私、慣れてないんです。それがこんな風に想っていたなんて……。もう恥ずかし過ぎます」

　話の内容が気になり、こっそり二人を盗《ぬす》み見る。柊さんは余程リアルに想像しているのか、頬が朱《しゅ》に染まっていた。その照れ具合に舞さんは目をぱちくりと瞬《まばた》かせる。

「えっと、仮にですよ？」

「あ、は、はい。そうですね。もちろん仮にです」

　舞さんの言葉に柊さんは我に返る。はっと意識を取り戻《もど》した柊さんとばっちり目が合った。柊さんは気まずそうに視線を逸《そ》らしてこほんっと咳《せき》ばらいを入れる。

「も、もう私のことはいいですから。田中さん。決まりましたか？」

「はい。こちらにしようかと」

値段と種類、両方の兼《か》ね合いから、八種類のチョコの詰め合わせボックスを選ぶことにした。人気の味を参考にして八つの味を決める。各包装それぞれ色が異なり、色とりどりで見た目も良い感じだ。店員さんに渡《わた》すと無料でラッピングしてもらえるということなので頼んだ。

店員さんの包む速さが凄い。慣れているからだろうが、するするあっという間にラッピングが終わってしまう。

「お待たせしました。このような感じですが、よろしかったですか？」

「はい。大丈夫です」

随分丈夫《ずいぶんじょうぶ》そうな手提《てさ》げ袋《ぶくろ》に入れられて、店員さんから商品を受け取る。普通の買い物袋と違って袋まで立派だ。こんな丈夫にする必要が本当にあるのだろうか？　チョコは軽いんだぞ？

中を覗《のぞ》くと、しっかりさっき頼んだ商品があった。丁寧《ていねい》な包装でいい感じだ。思わず口元が緩《ゆる》むと、隣《となり》を歩いていた舞さんが俺の手提げ袋を覗き込む。

「おしゃれでいい感じですね。これならきっと彼女さんも喜ぶと思いますよ」

「だといいけどな。意外と警戒《けいかい》されそうな気もするけど」

「警戒、ですか？」

「下心があるんじゃないか、みたいな。いや、実際あるんだけどさ」

　これまでの斎藤なら、まず間違いなく疑ってきていたと思う。受け取らない可能性も十分あり得た。ただ、最近の積極的な姿を見ていると拒否《きょひ》はされない気がしてくる。喜んでもらえるといいのだが。

「あー、笑顔が見たいってやつですか。別にそのぐらい全然いいと思いますけどね」

「まあ、喜んでもらえるかが一番不安だな。こういうのあんまり贈り慣れてないし」

　日頃こういうことに慣れていないことが完全に裏目に出ている。正直自分の選択に自信がない。好きになる前なら、別に断られてもいいや、と思えたが、好きになってからは気にせずにはいられない。好きな人に断られるとか正直かなりきつい。今断られたら泣きそうだ。不安が胸の内に渦巻《うずま》く。

「断られたら流石にショックだな」

「それはありえませんから大丈夫です。安心してください」

「え？」

　俺と舞さんの会話を聞いていた柊さんがはっきりと言い切った。

「その彼女さんに限って断るとかしません。そんなに真剣に選んでくれたんですから、絶対喜んでくれますよ。私だったら絶対嬉しいですし」

「そ、そうですか？」

「はい。だから安心して渡してあげてください」

柊さんの言葉ほど安心できるものはない。柊さんが言うことは驚《おどろ》くほど当たっているのだ。柊さんが言うなら間違《まちが》いない。だんだん自信がでてきた。

「ありがとうございます。頑張《がんば》って渡してみたいと思います」

きっと喜んでくれるに違いない。そう期待して渡すことを決めた。お店を出て、人混みから離《はな》れたところで一息つく。

「買い物付き合ってくれてありがとう。この後はどうする？」

「あ、私カフェ行きたいです。田中先輩、奢《おご》ってください」

「いきなり図々《ずうずう》しいな」

「ほら、やっぱり可愛《かわい》い後輩《こうはい》ですから、奢りたくなりません？」

「……可愛いって誰《だれ》が？」

思わず言ってしまった。見た目には可愛いのは間違いないが、その実情は小憎《こにく》らしい後輩でしかない。むしろ普段《ふだんおれ》俺と柊さんをからかって遊んでるんだから、その迷惑料《めいわくりょう》をもらいたいくらいだ。舞さんは不満そうに唇を尖《とが》らせる。

「私に貢いでくださいよー」

「本音が出てるし」

貢ぐって。日頃《ひごろ》舞さんが学校で何をしているのか想像すると怖《こわ》くなってきた。男子を手玉にとっていいように遊んでいるとか？　舞さんなら十分ありうる。中学生の淡《あわ》い恋心《こいごころ》を萌《も》え遊ぶ姿が容易に思《おも》い浮《う》かぶ。少し表情が引きつると、舞さんは見透《みす》かしたようににっこり微笑《ほほえ》み、手をひらひら動かす。

「やだなー、学校ではちゃんとか弱い女の子ですよ？　貢いで欲しいって思うのは先輩だけですって」

「なに、その特別感。全然要《い》らないんだけど」

ここまで惹《ひ》かれない特別も珍しい。ほんと、今すぐ返品したい。特別はいらないから、それなら本をくれ。あ、出来れば新刊のハードカバーで。

「もう仕方ないですね。奢られるのは諦《あきら》めます。でもカフェには行きましょうよ。今、期間限定のいちごフェアをやっているみたいなんです」

「いちごフェアですか？」

俺的にはそこまで興味を惹かれるものではなかったが、柊さんは僅かに声を弾ませて食いついた。うん、絶対甘いもの好きでしょ。

「はい。パフェとケーキとドリンク。あとはアイスとか色々な種類のいちご味が出ているみたいなんですよ。行きません？」

「い、行きます。ぜひ行きましょう」

重たい前髪《まえがみ》に隠れた瞳《ひとみ》がきらきら輝く。いちごがお気に入りらしい。

「あ、田中さんもいいですか？」

「はい、大丈夫《だいじょうぶ》ですよ」

期待に満ち溢《あふ》れた顔を見せられれば断る理由もない。頷《うなず》くとさらに顔を輝かせた。

舞さんの案内でエスカレーターで上がる。目的のカフェはこのビルの十階にあるらしい。エスカレーターはかなり混んではいるが、特に問題はない。俺の前に立つ舞さんと柊さんの後ろ姿を見上げる。二人は楽しそうにこの後のデザートについて話を膨《ふく》らませている。やはり女子は甘いものが好きという噂《うわさ》は本当だったらしい。和樹からの無駄《むだ》知識が正しいことが証明された。

ぼんやり上がっていくのを待っていると、既に八階。あと二階分だけだ。だが、九階は魔《ま》の階でもある。エスカレーターが上がっていくと、徐々《じょじょ》にその姿を現す。

フロア全体まるまる埋め尽《つ》くされた本棚《ほんだな》たち。市内でも最大級の品ぞろえの本屋だ。入り口には新刊が置かれている。お、あれ、面白そう。

一瞬、足が新刊の棚《たな》に向かいそうになったところで、和樹と斎藤の話を思い出した。慌《あわ》ててぴたっと足を止める。あ、危ない。また無意識に本屋に行くところだった。斎藤と和樹から注意するよう言われていたことが役に立った。すぐにエスカレーターに戻る。

乗ってしまえば、あとは勝手に上がっていくのみ。そっと後ろを振り返り、遠ざかっていく本屋を眺める。ああ、新刊の棚がもうこんなに離れてる。くっ。名残惜《なごりお》しいが今はだめだ。もう少し待っていてくれ。心の中で手を振り、別れを告げた。これが別れの悲しみというやつか。

十階に着くと、色んなレストランなどの飲食店がずらりと並んでいた。エスカレーター近くのフロア案内図を見ると、和、洋、中、何でもありそう。舞さんもじっと案内図を見つめ、目をきょろきょろと動かしている。そして一点でぴたっと止まった。

「あ、ありました。こっちみたいです」

どんどん進んでいく舞さんが少し頼もしい。あまり外食しないのでこういうおしゃれな雰囲気《ふんいき》が少し苦手だ。緊張《きんちょう》もしてしまう。舞さんに連れられて行くと、目的地らしいカフェに到着《とうちゃく》した。入り口横の看板には『いちごフェア開催《かいさい》中』と大きく書かれている。詳《くわ》しく見ると、ケーキやパフェの写真が載《の》っていて確かに美味しそうだ。隣で柊さんもそわそわしながら見つめている。

お店に入ると、可愛い制服を着た女性の店員さんがやってきた。俺のところのバイトの制服とは凄《すご》い違いだ。

「いらっしゃいませ。三名様でよろしかったですか？」

店内に案内されると、中はほとんど女性客で埋め尽くされていた。みんないちごフェアに惹かれたのか、いちご系のスイーツを食べている人が多い。あまりに男子が少なくて、思わず身構えてしまう。男もおそらく彼女の連れと思われる人しかおらず、俺がここにていいのか不安になってきた。つ、捕《つか》まらないよな？

席に座《すわ》ったはいいもののやっぱり落ち着かない。緊張する俺が可笑《おか》しかったのか、舞さんがくすくすと肩《かた》を揺らす。

「そんなに緊張しなくても大丈夫ですよ。こういうところは慣れていないんですか？」

「慣れていないというか初めてだ。男の俺がいてもいいのか？」

「先輩ってこういうの慣れてそうなのに、全然そんなことないんですね。大丈夫ですよ。誰も通報なんてしませんって」

見た目だけ良くした張りぼてなのは自分が良く分かっている。基本的におしゃれとかそういうのは面倒《めんどう》だ。炬燵《こたつ》で部屋着のままぬくぬくしていたい。

舞さんがテーブルに置かれたメニューを開く。派手な見た目で女子受けを狙《ねら》ったようなスイーツの写真が広がる。

「前に友達と来た時は普通のメニューのチョコパフェを食べたんですけど、美味しかったです」

「確かにこうやって見ると、いちごじゃなくても美味しそうですね。迷います」

柊さんはメニュー表をじっと見つめ、その表情は真剣そのもの。あっちを見たり、こっちを見たり、ページを捲《めく》っては戻ったり。せわしないがとても楽しそうだ。あれこれ迷い、ようやく顔を上げた。

「決めました。せっかくですから期間限定のいちごパフェにします」

柊さんが指さすパフェは、写真だけだがかなり大きいように見える。これを食べたら胃もたれしそうだ。

「田中先輩は決めたんですか？」

「俺はチョコケーキにするよ」

舞さんは期間限定のいちごケーキに決めたようなので、店員さんに注文する。忙《いそが》しそうだったが、快く受けてくれた。店員さんが去るのを見届けて、舞さんが席を立つ。

「お水取ってきますね」

そう言って向かった先には大きなガラス瓶《びん》を逆さまにしたようなウォーターサーバーがあった。ちょろちょろとコップに注いで持ってきてくれる。意外と気が利《き》く。舞さんが三人の分をテーブルに置いた。

「何ですか？　そんな幽霊《ゆうれい》みたいな顔をして」

「いや、舞さんが気を利かせることなんてあるんだと思って」

「失礼ですね。これでも学校では気遣《きづか》い屋の舞ちゃんで通ってるんですよ？」

「ネーミング、ダサくない？」

「い、いいじゃないですか」

本人も自覚があったのか、僅《わず》かに頬《ほお》を赤らめる。コップに手を取り勢いよくこくこく飲み干した。

「無くなったので取ってきます」

もう一度席を立った舞さんを見送る。なかなか忙しい人だ。一息吐《つ》こうと持ってきてくれた水に口をつけた。

「っ⁉」

口に広がるフルーツの香《かお》り。甘《あま》くないのに香りが凄くいい。ただの水だと思っていたのに、こんなところまでお洒落《しゃれ》なのか。最先端恐《おそ》るべし。俺が驚いたことに気が付いた柊さんが小首を傾げる。

「どうしました？」

「水、飲んでみてください」

不思議そうにしながらも一口飲むと目を丸くする。

「あ、味が変です。何ですか、これは」

柊さんも知らないようで、コップの水を揺らして見つめる。確かめるようにもう一度飲んでやはりびっくりしていた。

「何しているんですか、二人とも」

舞さんがいつの間にか戻ってきていた。注いできたであろうコップを置いて俺と柊さんを交互《こうご》に見る。

「このお水がただの水じゃないみたいなんです」

「ああ、それですか。フルーツウォーターっていう最近の流行なんですよ」

「そんなものが……」

「水に果物を入れて一日ぐらい置いておくと、香りとかが出るようになるみたいです」

そんなものがあったとは。知らなかった。思いがけない飲み物をまた一口飲んだ。

かなり混雑しているのでスイーツが出てくるのにもう少し時間がかかると思ったが、意外にもすぐに運ばれてきた。お盆《ぼん》に乗せて店員さんが現れる。うまい具合にバランスを取りながら、それぞれの前に置いてくれた。

「お待たせしました」

彩《いろど》られたスイーツの数々が眼前に広がる。どれも派手で見た目だけで凄いインパクトだ。特に柊さんのパフェは想像よりも大きく、柊さんの顔下くらいまである。柊さんも目を大きくしている。

「わぁ、凄いですね」

「柊先輩《せんぱい》のパフェ、多分期間限定なので特別のやつですね。前私が頼んだチョコパフェはそこまで大きくなかったです」

「ふふふ、食《た》べ応《ごた》えがあって美味しそうです」

食べきれないと思わないあたり流石だ。早速《さっそく》一口と柊さんはパフェにスプーンを伸《の》ばす。

「ん～～、美味しいです」

幸せそうにぱくぱく食べていく。凄い勢いだ。普段の堅《かた》さはそこになく、どこか柔らかい雰囲気が漂《ただよ》う。今度、怒《おこ》られそうになったら甘いものを渡すとしよう。べ、別に賄賂《わいろ》とかそういうわけではない。俺と舞さんもそれぞれ食べ始める。

「ここ良い所ですよね」

「はい。私も気に入りました」

「デートの時におすすめの場所らしいですよ。今度来るときはぜひ好きな人と来たいですね」

「そう、ですね」

柊さんはパフェを掬《すく》っていたスプーンの動きを止めると曖昧《あいまい》に微笑む。

「柊先輩は好きな人と行ってみたいところとかありますか？」

「わ、私ですか？　急に言われると難しいですね」

流石に突然《とつぜん》すぎると思いつかないのか、悩《なや》んだっきり思考の海に沈《しず》んでしまった。慌てて舞さんが引き上げる。

「思いつかないならいいですよ。じゃあ、好きな人としたいこととかされたいことはないんですか？」

「そ、それは……」

さっきと似たような反応だが、これは思い当たるものがあるのだろう。頬をうっすら朱に染めて言い淀《よど》んでいる。

「ぜひ俺も聞きたいです」

「それはもちろん、したいことはいっぱいありますけど」

ちらっと柊さんがこっちに視線を送ってくる。一体どうしたのだろうか？　視線の意味が分からず首を傾げると若干《じゃっかん》目を伏《ふ》せて教えてくれた。

「頭を撫《な》でたり、逆に撫でてもらったりとか」

「ほうほう。確かに撫でたりするのはいいですよね」

舞さんも共感しているようで、こくこくと頷く。

「あとは手も繋《つな》げるなら繋いでみたいですね」

「いいですねー。他には？」

「ほ、他ですか⁉」

柊さんが声を上擦《うわず》らせる。そのまま顔を伏せると、耳まで真っ赤にした。

「ハグとか、で、出来れば、キスとかも……」

限りなく小さい声。今にも消え入りそうだが、確かに聞こえた。舞さんも聞こえたようで、にやりと口角を上げる。

「ふふふ、柊先輩は意外とむっつりですねー」

「ふ、普通です！」

恥ずかしさを誤魔化すように止めていたパフェをまた食べだす柊さん。顔の熱はまだ引いておらず、朱が残っている。何度も羞恥心を消すようにパフェを頬張《ほおば》っていた。

舞さんは柊さんをからかうことに満足したようで、ケーキを食べ始める。だが、フォークを止めて水を一口飲むと、今度はこっちを向いた。

「田中先輩は初詣《はつもうで》のデート以外に二人でどこか出かけたことないんですか？」

「まったくないよ。帰り道にアイス屋さんに寄ったぐらいかな」

「勿体《もったい》ないですねー」

舞さんはつまらなそうだが、そう言われても困る。そもそも関係が始まったのも利害の一致《いっち》からであって、親しさとかそういうのが挟《はさ》まるものではなかった。次第《しだい》に仲良くなったものの、元々インドアだし、自分の気持ちに気付いたのも最近なのだから、出かけるきっかけなんてあるはずがない。それに斎藤と二人なんて確実に噂になるだろう。人目を避《さ》けるなら遠出しかない。

「じゃあ、二人で出かけてみたい場所とかはないんですか？」

「わ、私もそれは気になります」

柊さんまで会話に入ってきた。スプーンを置いて本格的に聞くつもりらしい。目も興味《きょうみ》津々《しんしん》だし。隠す気はまったくなさそうだ。

「行きたいところ、ですか」

「どこでもいいんですよ？」

柊さんがさらに顔を寄せてくる。その必死さに、羞恥心を押《お》し込《こ》めて想いを吐露《とろ》する。

「……水族館とか遊園地とか、一般《いっぱん》のカップルが行ってるところは二人で行ってみたいですね」

「い、意外とそういうのに憧《あこが》れているんですね」

「前は別に魅力《みりょく》も感じませんでしたけど、そりゃあ、好きな人となら行ってみたいですよ」

「ふ、ふーん」

柊さんは軽く顔を伏せる。よく見るとそわそわと体が微妙《びみょう》に横に揺《ゆ》れている。

「まあ、そういう憧れで行ってみたい場所はありますけど、正直好きな人と一緒《いっしょ》ならどこでも楽しいと思います」

「そうなんですか？」

「好きな人と一緒にいられるだけで癒《いや》されますし、少し話すだけでも幸せな気分になりますから。本人には恥ずかしくて絶対言えないですけど、仕草とか反応がいちいち可愛いんですよ」

「か、可愛い？」

「はい。きょとんと固まるときとか、びっくりしたときの驚き具合とか、あとは意地を張ってる時とか。とにかく可愛いんです」

「そんな部分がいいんですね……」

そっと俺から顔を逸らしながら、くるくると髪《かみ》を人差し指に絡《から》める柊さん。俺が「他にもありますよ」と告げると、その指を止めた。

「え？」

「普段《ふだん》他の人の前では完璧《かんぺき》って感じなのに、俺の前だと意外と抜《ぬ》けててポンコツな部分があったり、そういう誰にも見せていない無邪気《むじゃき》な部分が良いなって思うんですよね。だから一緒にいられれば満足なんです」

つい話す口が止まらず、色々話してしまった。だが、実際嘘《うそ》はない。好意を自覚してから斎藤と話せば話すほどに自分が斎藤に惹かれていっている。自分でも自分の変化に戸惑《とまど》うくらいだ。

どんな斎藤だって可愛く見えてしまう。最近は呆《あき》れて冷たい目線を向ける斎藤さえいいなと思ってしまうほどである。決して変な性癖《せいへき》は目覚めていない。

自分でも言いすぎたなと思ったが、案の定、舞さんは大興奮だ。

「ちょっと、田中先輩。惚気すぎですよ。どんだけ好きなんですか。聞かされるこっちまで恥《は》ずかしくなったじゃないですか」

「ま、まったくです。少しは躊躇《ちゅうちょ》してください」

柊さんまで顔が赤い。だが不満を言っている割には口元が緩んでいるので、怒っているわけではないと思う。柊さんは頬の熱を逃《に》がすようにパフェを一口食べる。

「すみません。変なこと色々話してしまって」

「い、いいえ、いいですよ。田中さんがどれだけ彼女《かのじょ》さんのことを好きなのかは分かりましたから。これからもぜひ聞かせてください」

柊さんはまだ頬に朱を残しながらも、嬉《うれ》しそうに微笑んだ。嫌《いや》ではなさそうなのできっかけがあればまた話すとしよう。

第七章 相談されても不意打ちは弱い

　週末が明けた学校。休み明けのせいで少し憂鬱《ゆううつ》な気分になりながらも何とか授業を潜り抜け、ようやく放課後を迎《むか》えた。クラスのみんなも少し表情が疲《つか》れ気味《ぎみ》だ。

　昨日買ったチョコはばっちり持ってきている。今日は斎藤《さいとう》の家で会う約束になっているので、忘れていないか今一度リュックから取り出して確認していると和樹《かずき》が寄ってきた。

「あれ？　それって最近できたお店のやつじゃん。湊《みなと》が珍《めずら》しい」

「うるさいな。昨日たまたま駅に行く機会があったから、買ったんだよ」

「ははーん。斎藤さんにあげるんだ？」

「別にどうだっていいだろ。それで何か用事か？」

　相変わらず腹立つ表情だ。何でも見透かしてくる。うんざりしながら教科書を詰めて、荷物をまとめる。

「何か用事って……。湊のために伝えに来たのにさ」

「はぁ？」

「斎藤さんが湊に好意を抱《いだ》いているか確認《かくにん》するって話。もう忘れたの？」

「……一応そういう話だったな」

確かに和樹に提案されて受けた記憶《きおく》がある。荷物を詰めていた手を止めて和樹を見た。

「湊も薄々《うすうす》は分かっているだろうけど、あれは完全に湊に惚《ほ》れてるね」

「よくそこまで断言できるな。根拠《こんきょ》はあるのか？」

「まず、あそこまで湊に心を開いている時点で明確だと思うけどね。斎藤さん、男子と滅《めっ》多《た》に話さないし」

「でも、お前とも割と仲良く話してたと思うぞ」

「それは湊が話題になってたからだよ。気付かなかった？　斎藤さんが感情を出すのは湊の話の時ばっかりだったからね？」

「そ、そうなのか」

言われてみると、確かに斎藤が和樹と楽しく話していたのは、俺《おれ》が話題にのぼっていたからのような気がする。俺が本バカだと、二人で盛り上がっていた。うん、思い出して悲しくなってきた。

「どう考えても斎藤さんは湊を特別視しているね」

「……まあ、それは否定しないが。だからって恋愛《れんあい》対象として見ているかは別だろ。友人と思っているだけかもしれない」

　自分で言っていて白々しいと思う。最近の斎藤を見ていれば何となく察しはつく。あれだけ積極的に来られて否定するほど鈍感《どんかん》ではない。だがどうしても確信が持てない。俺の勘違《かんちが》いだったら、と不安が付き纏《まと》う。

「まったく、強情《ごうじょう》だねー。あんなに分かりやすいほどの好意丸出しもなかなかないと思うけど」

「じゃあ、百パーセント断定出来るのか？」

「絶対かと言われるとそこまでは保証できないけど……」

「まあ、俺だって向こうが自分を好いてくれているんじゃないか、とは何となく思っているよ。だから今日の反応を見て考えるつもりだ」

「へー、何するつもり？」

「褒《ほ》めてみる。とりあえず女の子は『可愛い』って褒めておけば嬉しいものだって昨日言われたしな」

「え？　もしかして柊《ひいらぎ》さんに言われたのかい？」

「いや、もう一人の人。柊さんとその人と三人で映画を見に行った」

「み、湊がリア充《じゅう》になってる……！　あんな陰《いん》キャの塊《かたまり》みたいだったのに」

余程《よほど》意外だったのか元々大きい目をさらに大きく見開く和樹。そこまで驚くことだろうか？　それにどさくさに紛《まぎ》れてディスってやがる。

「勝手にボロクソに言うの止《や》めろ。昨日はたまたまだよ。出かけるのは普通《ふつう》に疲れる。昨日のせいで足が筋肉痛だし、当分いいやって感じ」

「体貧弱過ぎない？　もうちょっと運動しようよ……」

憐《あわ》れむような視線が突《つ》き刺《さ》さる。どうせ「湊おじいちゃん」とでも思っているに違《ちが》いない。

「とにかく、褒めてみてその時の反応で考えてみるつもりだ。前までの斎藤なら確実に嫌な反応するだろうからな。多分そうはならないだろうし、柊さんからのお墨付《すみつ》きももらった」

「え、柊さんから？」

「ああ。ぜひ彼女を褒めてあげて欲しいって言われてな」

「あはは。そう。それならいいと思うよ。ぜひ褒めてあげて。沢山可愛《たくさんかわい》いって言ってあげなよ」

「いや、一回だけだぞ⁉」

さも当然のように何回も言うことを前提とするなんて。これだから女慣れしてる奴《やつ》は。

こっちは一回だけで精いっぱいだ。女子を意識して褒めるとか。それも好きな人を。余裕《よゆう》なんてあるわけがない。

「なんでよ。沢山言ってあげなよ。絶対喜ぶよ？」

「慣れてないんだよ。それに今回は反応を確かめるだけだから、一回でいいんだよ」

「ほんと強情だなー」

和樹は呆《あき》れたため息を大きく吐《は》く。そう言われても変える気は起きなかった。


和樹と別れて斎藤の家へと向かう。斎藤の家の扉《とびら》の前に立って一呼吸入れた。呼《よ》び鈴《りん》を押す行為《こうい》はもう何十回も繰《く》り返して慣れたものだが、この後褒めることを想像すると、かなり緊張してなかなか押す人差し指に力を入れられなかった。

ずっと立ち尽くすわけにもいかず、指先に力を込める。反発するボタンの感触《かんしょく》と共に電子音が響《ひび》いた。とたとたと扉越《とびらご》しに足音が近づき、ドアが開く。

「田中《たなか》くん。どうぞ、入ってください」

「お邪魔《じゃま》します」

斎藤の後ろ姿についていき、案内される。揺れる毛先を眺《なが》めたところで気付いた。どのタイミングで褒めればいいのかと。そもそも斎藤の見た目がとびっきりであるわけで、つまりいつでも可愛いのである。なら、いつ言い出してもいいのだろうか？　流石《さすが》に急に可愛いなんて言い出したらまずいのは俺でも分かる。不意に言われても戸惑うしかないだろう。褒めるには適切なタイミングがあるはずだ。

褒めることに必死でいつ言い出すべきなのか、まったく考えていなかった。和樹に聞いておかなかったことが悔《く》やまれる。あいつなら、すらすらいつでも褒められるのだろうが。

「お茶を淹《い》れますので座って待っていてください」

「ありがとう」

いつもの通り、定位置のソファに座る。既《すで》にお茶は用意してくれていたみたいで、すぐにお盆に湯呑をのせてやってきた。

「はい、どうぞ」

湯呑を受け取り、隣に斎藤が座るのを見届ける。ソファに沈み込む斎藤の体の動きで、自分の体が僅かに斎藤の方に傾《かたむ》く。

「熱いので気を付けてください」

「ああ、大丈夫」

一口飲むと温かいお茶の渋《しぶ》みが口に広がる。じんわりとした熱さが心地《ここち》いい。熱いは熱いが丁度いい飲《の》み頃《ごろ》だ。緊張した体も僅かに解《ほぐ》れる。

隣を見ると斎藤はまだ飲めないようで、ふうふうと息を吹《ふ》きかけている。僅かに尖らされた唇《くちびる》が色っぽい。思わず目を惹かれる。

「どうしました？」

「斎藤って猫舌《ねこじた》だよな」

「……熱いんですもん。悪いですか？」

「いや。悪くないから。そんな怒らないでくれ」

意外と気にしていたようで、ムッと顔を顰《しか》める斎藤。意地になるところが子供っぽいがちょっと可愛い。そう思ったところで、あ、と思いつく。

「……可愛いと思うぞ？　そういう猫舌なところも」

羞恥心《しゅうちしん》をなんとか押さえつけて言葉を絞《しぼ》り出す。今のはさりげなく言えた気がする。斎藤の反応を窺《うかが》うと、目をぱちくりとさせて固まっていた。だが、すぐにゆるりと表情を緩ませる。

「ふふふ、ありがとうございます」

にこにこと余裕そうな笑《え》みを見せて微笑む斎藤。満足した表情で持っていたお茶を一口飲む。

「……」

これはどうなんだろうか？　喜んでいると思うし、悪い反応ではないと思う。ただ、期待していた照れる反応ではなくて、戸惑うばかり。まあ、嫌がりはしなかったので良しとしておくか。

「あ、そうだった。普段本を貸してもらってるし、色々お菓子《かし》とかもらってるから、そのお礼」

リュックに入れておいたチョコの箱を取り出す。渡《わた》すと斎藤は受け取ってくれた。

「開けてもいいですか？」

「ああ。美味《おい》しいらしいから、味は大丈夫だと思う」

口コミによるウケは上々だった。斎藤の口にも合うといいのだが。

細い指先を動かして丁寧に包装を剥《は》がしていく。出来るだけ破れないように。そんな気遣いが伝わってくる。

包装を外すと、中から暗いブラウンの箱が現れる。金文字の店名がおしゃれに光る。斎藤は箱を開けて、中のチョコを一つ手に取った。

「これは何味ですか？」

「多分ベリー系の何かだと思う」

レッドピンクの包装から判断する。確か名前がついていたが、カタカナのよく分からない羅列《られつ》なんて覚えられるわけがない。呪文《じゅもん》かよ。斎藤は開けると、ぱくりと口に入れた。

「ん！」

目を大きく見開く。口だけが動きチョコを味わうと、とろけるような笑顔《えがお》が綻《ほころ》んだ。目がへにゃりと細められ、口角が上がり、ぱあっと幸せそうなオーラが一気に溢れ出す。ころころと口の中で転がしてチョコが溶《と》けてなくなるまで、満面の笑みがずっと浮かんでいた。

「はぁ、凄《すご》く美味しかったです」

どこか艶《なま》めかしい吐息《といき》。どきりと心臓が跳《は》ねる。まだ余韻《よいん》が抜けきらないようで、綻んだ表情のまま戻《もど》らない。こんな表情が見られるなら渡した甲斐《かい》があった。見ているこっちまで満足するほど、斎藤の笑みは幸せそうで凄く可愛い。

「気に入ってもらえたなら良かったよ。そんな満足げな表情をしてもらえたなら渡した甲斐があった」

「私、そんな変な表情していましたか？」

「いや？　幸せ全開って感じですごく可愛かった。俺、斎藤のその笑顔が一番好きだな」

「っ……」

いい機会だと思い、改めて褒めてみる。一回目と違い、嫌がられることはないと分かっているのでそこまで緊張はない。何度だって褒めていいと和樹も言っていたし、このぐらいいいはず。多分さっきと似たような反応が返ってくるだけだろうし。

そう考えて軽い感じで伝えてみたのだが、斎藤から返ってきたのは「……はぁ」と気の抜けた返事だけだった。さっきまでの笑顔をしまい、口元をきゅっと引き結んでいる。

「？」

「わ、私、お茶を淹れ直してきます」

勢いよく席を立つと、急ぎ足で台所の方へ行ってしまった。呆気《あっけ》にとられてその姿を見送ってしまう。

一体どうしたんだ。さっきと同じようなことを伝えただけなのに。もしかしてやっぱり褒めるのはよくなかったのだろうか。さっきまで消えていた不安がまた湧《わ》き出す。

お茶を淹れている斎藤の後ろ姿に、何て言い訳しようかと迷っていると、あることに気が付く。あれ？　耳が赤い？

普段綺麗《ふだんきれい》な白肌《しらはだ》なので、紅《あか》く染まった耳たぶがやけに目を惹く。気付いてみると、全然お茶の淹れ直しの作業も進んでいなかった。急須《きゅうす》を持った手が止まっている。

（そ、そういうことか！）

一気に理解した。どうやら照れてくれていたらしい。いまいち一回目と二回目で違いが生まれた理由は分からないが、斎藤が照れたのは間違《まちが》いない。俺にバレないように逃げたのだ。くっ、可愛《かわい》いな……。

「なあ、斎藤」

「ひゃ、ひゃい。な、何ですか？」

くくく、ひゃいって。普段冷静な斎藤がここまで焦《あせ》っていると面白《おもしろ》い。ついからかいたくなるし、意地の悪い笑みまで零《こぼ》れてしまう。少しだけ和樹の気持ちが分かった。

「お茶、まだ終わらないのか？」

「い、いま淹れているところなので、もう少し待ってください」

カチャカチャと陶器《とうき》の音が響きだす。斎藤の止まっていた腕《うで》が動いた。少し待ち、斎藤がお茶を新たに持って戻ってくる。

「すみません。お待たせしました」

「いや、全然いい。淹れ直してくれてありがとな」

「い、いえ」

新たなお茶をテーブルに置く。屈《かが》むせいで髪が揺れ、その隙間《すきま》から斎藤の表情が見え隠《かく》れする。その頬はほんのり桜色に染まっている。きっとさっきの名残《なごり》だろう。斎藤が照れていた事実がまた俺に突きつけられる。

テーブルに置いてくれる数秒珍しい斎藤の照れた表情を眺めた。うん、新鮮《しんせん》で可愛い。照れている表情は笑顔とはまた別の可愛さだ。何度も見たくなる。見られなくなるのが勿体なくて目に焼き付けていると、斎藤が俺の視線に気付いた。

「何ですか？」

目を細め、いつもより言い方がきつい。キッと睨《にら》む表情には迫力《はくりょく》がある。だが薄《うす》く頬を桃色《ももいろ》に染めていると、それすら可愛く見えた。

「いや、何でもない」

「何でもない割にはにやけていますけど。ちゃんとしてください」

「それは悪い」

きつく言われて表情を引き締《し》める。無意識ににやけていたらしい。だが、あれをにやけるなという方が無理があるだろう。

斎藤は隣《となり》に座ると、いつものように本を読み始めた。横目に窺うと、やっと落ち着いたようで赤らんでいた顔も普段の澄《す》まし顔《がお》に戻っていた。

馴染《なじ》んだ表情を見ていると、さっき見た照れ顔が幻《まぼろし》のように思えてくる。長い睫毛《まつげ》。透《す》き通るような綺麗《きれい》な瞳。整った鼻筋。見惚《みと》れるほどに美しい。こんな人が自分のことを好いてくれているなんて。

照れた反応を見て確信した。俺の勘違いでもなんでもなく、斎藤は俺を意識してくれている。その事実が嬉しいような、恥ずかしいような。無性《むしょう》にむず痒《がゆ》い。ただ、照れている斎藤は新鮮で可愛かった。また見てみたい。そう思うほどに脳裏《のうり》に強く焼き付いていた。

◆◆◆

一《いち》ノ瀬《せ》side

学校の休み時間、湊を見ると窓側の自分の席で相変わらず本を読んでいる。話せばアホな奴なのはすぐに分かるけど、こうやって見た目だけだと真面目《まじめ》な優等生にしか見えない。きっと眼鏡のおかげだろう。眼鏡って偉大《いだい》だ。

少し近寄りがたい雰囲気を纏《まと》う湊に近づく。足音で気付いたのか、顔を上げた。僕《ぼく》を捉《とら》えると、うんざりした表情に変わる。人の顔を見てそんな顔するなんて。相変わらず酷《ひど》い。

「……なんだよ」

「一昨日話してた斎藤さんの好意を確かめるって話、どうなったの？」

「一応上手《うま》くいったよ。多分向こうも俺に好意がある」

「へー、よかったじゃん。ということは斎藤さん喜んでくれたんだ？」

「まあ一応はな。嫌がられなくて良かった」

「あはは、心配しすぎでしょ」

斎藤さんが嫌がるって。それは絶対ありえないことなのに。ほんと湊はネガティブというか心配症《しんぱいしょう》だ。そもそも、今回に限って言えば、その本人からのお願いでもあるのにさ。嫌がられるわけがない、まあ、湊は気付いてないんだけど。

「何て言って褒めたの？」

「……可愛いって言っただけだ」

「湊が女の子を褒めるって、変な感じ。慣れないな」

「俺だって慣れてないっての」

相当頑張《がんば》ったことは想像に難《かた》くない。あの湊だ。上手く褒められたことさえ奇跡《きせき》に等しい。湊は本を開きながら分かりやすくため息を吐いた。

「お疲れ様。じゃあ、もう両想《りょうおも》いだってことは分かったし、告白する感じ？」

「いや、多分向こうが俺の好意に気付いてないと思うし、もう少し斎藤を意識させようかなって思ってる」

「気付いてないって……」

確かに普段の湊を見る感じ、斎藤さんには友人として接しているんだと思う。だけど、柊さんの時に惚気《のろけ》ているんだから、もう好意は駄々《だだ》洩《も》れなはずなんだけどね。

「ずっと友人だと思って接してきたんだ。向こうが俺の好意に気付いてるはずがないだろ？」

「まあ、そう思うならそれでいいけどさ」

「なあ、向こうを意識させるのってどうやったらいいんだ？」

「そりゃあ、人によるとしか言いようがないけど……」

そこまで言ったところであることを思いつく。ふふふ、これなら面白くなりそうだ。前に聞いたとき僕も見てみたいと思っていたし。

「やっぱり、柊さんに相談したら？　一番頼《たよ》りになるんでしょ？」

「そうするか」

「ねえ、その相談するとき僕も混ぜてよ」

「はぁ？　やだよ。柊さんをお前に絡ませたくない。絶対迷惑《めいわく》かけるだろ」

警戒《けいかい》を露《あら》わにする湊。相変わらず疑《うたぐ》り深《ぶか》い。もう少し信頼《しんらい》して欲《ほ》しい。そこまで警戒しなくても楽しむだけなのに。

「そんなことないって。前にも柊さんとはちらっと話したけど、やっぱりちゃんと話しておきたいし。何より、湊が柊さんにどんな風に相談してるのか気になるんだよね」

「なんでお前が気にするんだよ」

「良《い》いじゃん。二人より三人の方が色んなアイディア出るかもしれないよ？　困ってるんでしょ？　恋愛初心者さん」

「うるせ。まあ、バイト前の時間なら多少空いてるし、その時間ならいいぞ。丁度今日バイトだし」

「やった。じゃあ決まりね。今から取り消してもついていくから。もう遅《おそ》いからね？」

「早速後悔《さっそくこうかい》してきた……」

放課後が楽しみで湊の背中をぱしぱし叩《たた》くと、うんざりとした声が湊から漏《も》れ出る。力なくうなだれる湊がとても愉快《ゆかい》。ふふふ、二人の相談光景を見に行くのが楽しみだ。

放課後になり、早速湊をお迎《むか》えに行く。湊は自分の席でやる気なさそうにゆっくりと荷物をリュックに詰めている。

「湊、ほら、早く。行くよ」

「まだ時間あるっての。それに一回家に寄って用意するし」

「そかそか。ちゃんと変装しなきゃだもんね。湊のあの格好を見るのも久しぶりだなー」

あの面倒《めんどう》くさがり屋《や》の湊がまだ律義《りちぎ》に変装を続けているらしい。学校にバレることなんてそうそうないのに。そういうところは意外と慎重《しんちょう》なんだよなぁ。

湊が荷物をまとめるのを待って学校を出る。久しぶりに湊の家に行くけど、そういえば湊は一人暮らし。家は大丈夫《だいじょうぶ》だろうか？

「湊。ちゃんと片付けはしてるの？　ゴミ屋敷《やしき》になってない？」

「なるわけないだろ。流石にゴミぐらい捨てられるよ。それに家だと本を読むかご飯を食べるかしかしてないんだから、散らかるわけがない」

「……それは、もうちょっと他のことしたら？」

この子本当にだめかもしれない。青春真っ盛りの高校生が家に引きこもって本とご飯しかやることがないなんて。いや、でも一年生の頃《ころ》に比べてみれば、バイトと恋愛をしているのだから、多少はましになっている……と思いたい。

家に着くと湊はさっさと中に入ってしまった。暇《ひま》なので玄関《げんかん》に腰《こし》かけて待つ。暖房《だんぼう》も何もないので流石に冷える。大きく吐くと白い息が出た。

「悪い。待たせたな」

戻ってきた湊は既に変装を終えていた。普段の陰気《いんき》な雰囲気《ふんいき》はなく、爽《さわ》やかなイケメンそのもの。誠実そうな男が目の前にいる。これで学校の湊と関連付ける人はそうそういないだろう。

「……なんていうか、詐欺《さぎ》だね」

「本のためだ」

きりっと決め顔で言っているけど、内容は残念過ぎる。ほんと見た目だけで中身は変わってない。もうツッコむ気も起きない。

「じゃあ、行こ。早く柊さんに会わせてよ」

「どんだけ会いたいんだよ。慌《あわ》てなくても今日はシフトが同じだから会えるっての」

湊はバイトの制服をカバンに入れて肩《かた》に掛《か》ける。自分も立ち上がって湊の家を出た。

湊の家からバイトのお店までは確か徒歩で十五分ほど。途中《とちゅう》何人かすれ違った人たちが僕たちに視線を送ってくる。自分の影響《えいきょう》もあるだろうけど、湊に対しての視線もいくつかあったはずだ。そのぐらいには、今の湊は目立つ。ほんと普段からその格好をしていればいいのに。もしかしたらモテモテになっている未来もあったかもしれない。そう思わずにはいられない。

しばらく歩くと、ようやくバイト先に辿《たど》りついた。市内の車通りの多い道から一本脇道《わきみち》に逸《そ》れた場所。人気の少ない場所にそれはある。お洒落《しゃれ》な外観は相変わらず綺麗なままだ。前と変わっていない。早速敷地内《さっそくしきちない》に入って駐車場《ちゅうしゃじょう》を抜ける。

「じゃあ、呼んでくるから少し待っててくれ」

裏口の扉を開けて湊が奥《おく》に消える。ああ、楽しみ。斎藤さん。いや、柊さんがどんな反応をするのか、わくわくしてしまう。きっと面白い展開になるに違いない。先を思《おも》い描《えが》いてにやけそうになっているときだった。

「あれ？　もしかして和樹くん？」

「舞《まい》ちゃんのお母さん……。お久しぶりです」

たまたま通りかかったのであろう。ここに来ればいずれ会うと思っていたけれどまさかこのタイミングとは。二年ぶりに会った舞ちゃんのお母さんは全然変わっていない。

「久しぶりね。どうしたの？　何か用事？」

「柊さんと少し話がしたくて湊に呼びにいってもらっているところなんです」

「あら、そうなの。そういえば田中くんを紹介《しょうかい》してくれたのは和樹くんだったわね。ありがとね」

「いえ。湊が迷惑をかけていないなら良かったです」

「迷惑だなんて全然。久しぶりだし、本当ならもっと話したいところなんだけど、今日はこの後用事があってね。娘《むすめ》も話したがると思うし、また来てくれる？」

「そうですね。機会があればぜひ」

「じゃあ、またね」

ひらひらと手を振《ふ》って去っていく舞ちゃんのお母さん。相変わらず若々しい。駐車場に停めていた車に乗り、こちらに一度頭を下げる。礼を返すと出ていった。次は舞ちゃん本人と会うかもしれない。そのことが微妙に緊張《きんちょう》する。

思いがけない出会いだったが、その後は何もなく、ぼんやり待っていると、ようやく扉が開いた。

「連れてきたぞ」

「一ノ瀬さんお久しぶりです」

「久しぶりですね。今日はわざわざすみません」

姿を現した柊さんは髪《かみ》を後ろで一つ縛《しば》りにしている。ただ前髪が長くなるように残しているようで、目にかかるくらいの重めの前髪だ。さらには眼鏡までかけて、おそらく化粧《けしょう》も変えているように見える。微妙に暗めの色使いをしているのが分かった。

湊とは真逆の変化。ぱっと見の印象は凄《すご》く地味だ。初見で斎藤さんと関連付けるのは難しいだろう。僕も本人だと分かっているから気付けるけど、知らなかったら絶対に気付かないに違いない。

「それで私に何か用ですか？」

「用があるのは、僕じゃなくて湊の方なんです」

「田中さん？」

「湊が僕に相談を持ち掛けてくれたんですけど、柊さんの意見も聞いた方がいいと思いまして。ぜひ一緒に湊の相談にのってもらえないかと」

「ちなみに内容は？」

「もちろん、湊の好きな人についてです」

にっこり笑いかければ、柊さんはぴくっと体を震《ふる》わせる。ふふふ、焦ってる。焦ってる。

湊が柊さんに惚気ているのは既に聞き取り済み。どうやらそれで柊さんは照れているみたいだし、これは自分も混ぜてもらわないと。

「いつも相談にのっているんですよね？」

「え、ええ、そうですけど」

「ぜひ一緒に相談にのってもらえませんか？」

「わ、分かりました」

こくりと柊さんの喉《のど》が動く。これから湊から何を聞かされるのか、緊張しているに違いない。

「そういえば、柊さんから湊に褒めるようアドバイスしたとか」

「そうそう。この前の日曜日一緒に出掛《でか》けたときに柊さんに『ぜひ彼女さんのことを可愛いって褒めてあげてください』って言われてな」

「へぇ？」

思わずにやけそうになってしまった。正体がばれていないのをいいことになかなか大胆《だいたん》なことをする。斎藤さんは意外とむっつりなタイプなのかもしれない。柊さんと目が合うと、うっすら頬《ほお》を染めてぷいっと顔を背《そむ》けられた。

「その出かけた話も気になるなぁ。何してたの？」

「大したことはしてないぞ。映画見て、お土産《みやげ》を買って、最後にカフェに行って。そのぐらいですよね？　柊さん」

「は、はい。ほんとそのぐらいですね。三人で仲良くお出かけしただけですよ」

本当に何もなかったとは思えない。柊さんの微妙な焦り具合からもきっと何かはあったはず。じゃなかったら、焦る必要がない。

「やっぱりそこでも相談とかした感じ？」

「いや、特にそういうことはなかったな。あ、でも」

「でも？」

なにか思い出した様子の湊。僕の勘《かん》が告げている。これは当たりだと。

「つい調子に乗って斎藤のことを褒めまくったことがあったな。あれはやりすぎだった」

「そ、そんなことしたのかい？」

凄いぞ、それは。柊さんには大ダメージに違いない。それは柊さんも隠したくなるよね。想像するだけでわくわくが止まらない。

「デートでどこ行きたいかって話になってその流れでな」

「柊さん。そうなんですか？　湊から好きな人の惚気話を聞かされたんですか？」

「え、ええ。いつも田中さんはそうなんです。困ったものです」

困ったと言うなら、もう少し困った表情をした方がいいと思う。柊さんに浮《う》かんでいる表情は満更《まんざら》でもない表情だ。絶対喜んでいる。そりゃあ、好きな人から本音を聞かされたら嬉しいのは分かるけどね。

「なるほど。そういうことがあったのは分かったよ。話は戻るけど、結局、褒めてみて彼女が湊を意識していることが分かったんでしょ？」

尋《たず》ねると湊が「ああ」と頷《うなず》く。そして柊さんの方を見る。

「柊さん、やっぱり向こうも自分を意識してくれているみたいなんです」

柊さんの耳がピクリと反応する。

「ど、どうして分かったんですか？」

「この前映画の時に言われた通り、彼女のことを褒めてみたんです」

「一回目はなぜか微妙《びみょう》でした」

「え、な、なんで微妙だと思ったんですか？　反応が良くなかったとか？」

「い、いや、そういうわけでは……」

身を乗り出す柊さんに湊は一歩、体を引く。気になるからって柊さん食いつき過ぎじゃない？　柊さんのことだからわざと反応を悪くしたってことはないと思うけど。何かすれ違いが起きたらしい。

「嬉《うれ》しそうな反応ではあったんですけど、余裕そうというか。あんまりこっちを意識している感じはなかったんです」

「なるほど」

「ただ、二回目に柊さんが話していたことを思い出したんです。笑顔が好きって言われたら嬉しいって話を。それで伝えてみたら、見事彼女が照れてくれまして」

「っ⁉　気付いたんですか⁉」

柊さんが大きく目を見開く。

「そりゃあ、気付きますよ」

「普段鈍感《ふだんどんかん》なのに。そ、そんなに照れているの分かりやすかったですか？」

柊さんがかなり驚《おどろ》いた様子。確かに普段鈍感なのは同意だ。本しか興味を持たない湊が人の変化に気付くなんて。少しは成長しているのかな？

「最初は分からなかったですけど、耳たぶが赤くなっていたのを見て気が付きました」

「耳たぶ……」

柊さんは自分の小さな耳たぶに手を伸《の》ばす。そしてふにゅふにゅと何度か摘《つ》まむ。

「その後見た顔は赤くなっていましたし、もうあれは可愛かったですね」

「可愛かったんですか？　焦って余裕がない姿なんですよ？」

「そこが可愛いんですよ。普段余裕《よゆう》たっぷりで冷静な彼女《かのじょ》が焦ってる感じが。また見たくなるくらい」

「そ、そうですか」

柊さんは摘まんでいた耳たぶから手を離《はな》すと、きゅっと口元を結んで俯《うつむ》いてしまった。湊の角度からは見えていないだろうけど、僕からは良く見える。柊さんの頬が薄く桜色に色付いている。必死に抑《おさ》えようとしているみたいだけど、にょにょと口元が緩《ゆる》んでいるし、随分《ずいぶん》嬉しそうだ。湊はまだ止《や》める気がないようで褒め殺しを続ける。もう二人で勝手に楽しんでって感じ。

「あと多分、向こうが自分の照れ顔を見られるのが嫌《いや》で冷たく接してきた時も可愛かったです」

「そんなのがですか？　田中さんまさかMなんですか？」

「いえ、そういうわけじゃないですけど。あからさまな照れ隠しな感じが凄く可愛かったんです。あれが俗《ぞく》に言うツンデレというやつですかね」

湊の口からツンデレが出てくるなんて。でも確かに斎藤さんは典型的なツンデレタイプだと思う。だが、柊さんは認めたくないらしい。唇を尖《とが》らせて不服そうだ。

「ツンデレって……」

「だって照れているの丸分かりなのに意地を張ってたら、ツンデレとしか言いようがありませんよね？」

「……確かにそれはツンデレです」

不満そうだったが渋々《しぶしぶ》頷《うなず》く柊さん。説得されてしまった。自分でツンデレを認めるなんて、それはもうツンデレではないのでは？

「とにかく、また彼女が照れているところが見たいので、これからは積極的にこちらから頑張ってみようと思うんです。でも、どういうことをしたら彼女が喜んでくれるか分からなくて……。女の子って何されたら嬉しいんですか？」

「えっ⁉　そ、それは……」

湊が決意を表明すると、柊さんは声を上擦《うわず》らせた。な、何聞いてるのさ、湊。本人にそんなこと聞くなんて止めてあげて。柊さんがパンクしちゃう。

湊に気付かれないよう必死に表情を隠しているけど、顔はもう真っ赤。そりゃあ、恥《は》ずかしいだろう。自分の欲求を本人に知られるとかどんな羞恥《しゅうち》プレイなのさ。

柊さんが躊躇《ためら》ってるんだから、湊も諦《あきら》めればいいのに、なぜかこんな時ばっかり強情だし。引き下がることなく、さらには頭まで下げる始末。

「お願いします。ちょっとしたことでもいいんです」

流石に頭まで下げられると耐《た》えられなくなったらしい。目をうろうろと左右に彷徨《さまよ》わせて、だんだんと肩を小さくして俯く。そして限りなく小さい声でぽろりと欲求を口にした。

「じゃ、じゃあ、一つだけ……。その……手とか繋《つな》いだら喜ぶと思います」

随分《ずいぶん》迷ったのだろう。本人に自分の邪《よこしま》な気持ちを知られてしまう恥ずかしさ。だけど教えれば叶《かな》うかもしれないという欲目。二つの間で揺《ゆ》れる様子が見て取れた。

「手、ですか。なるほど、分かりました！　やってみます！　必ずやってみるので、報告楽しみにしていてください」

「は、はい」

なんでそんなにやる気満々なのさ。本人に宣言するなんてアホなの？　柊さんは湊に予

告宣言されて、さらに頬を薔薇色《ばらいろ》に染めていた。もう二人で平和にいちゃいちゃしていてください。

田中side

バイト先の柊さんに相談にのってもらった次の日の放課後、少し緊張しながら下駄箱《げたばこ》の入り口で待っていた。これからは自分から積極的になる、と決めたものの、やはり慣れないことではあるのでどうしても緊張してしまう。バクバクと心臓が激しく鳴ってうるさい。ここまで緊張することになるとは。

こんなんで本当に手を繋げるのだろうか？ 少しだけ不安になってくる。なんとか緊張をほぐそうと深呼吸を繰り返していると、斎藤が現れた。

「よお」

「え、田中くん⁉」

愛らしいくりくりとした瞳《ひとみ》を大きく見開いて固まる斎藤。初対面の時と違い、驚いてはいるけれど警戒の色はない。それだけ仲良くなってきたんだ、と実感する。

「一緒《いっしょ》に帰らないか？」

「いいですけど……」

「とりあえず歩こうぜ。ここだと目立ちそうだし」

少しの間なら大丈夫だろうが、何分も立ち話をしていたら流石に誰《だれ》かに見つかるかもしれない。

「そう……ですね」

俺《おれ》がそう言うと、少し躊躇いながらも頷いてくれる。体を翻《ひるがえ》して下駄箱を出た。

「それで、どうしたんですか？　急に一緒に帰ろうなんて」

校門を出たところで斎藤が話しかけてきた。少しだけ頬に朱《しゅ》が差しているので、もしかしたら二人での下校を意識してくれているのかもしれない。

「ああ……今日読んでた本が面白くてその感想を伝えたくて」

「……そうですか。まったく、家に帰ってからでもいくらでも話せるでしょうに」

少しだけ目を丸くする斎藤。そのまま口元を緩めると、どこか呆れたようにそう言ってクスッと笑った。

しばらく他愛《たあい》もない話をしながら一緒に並んで帰る。最近は斎藤の家に行くだけだったし、その前は互《たが》いにずらして帰っていたのでこうやって一緒に帰るのは新鮮だ。

くだらない話でも彼女と話しているのは楽しい。このまま今日は一緒に帰るだけにしようか、と迷いが一瞬《いっしゅん》過ぎる。だが、あくまで今日誘《さそ》ったのは手を繋ぐためなのでそんな考えは振り払《はら》った。好きな人と話せる幸せを噛《か》み締めながらも頭の中でいつ手を繋ぐかを考え続ける。

ゆらゆらと揺れる斎藤の右手にちらっと視線を送る。無防備に晒《さら》された綺麗な透き通るような白い手がすぐ側にある。自分の手と違《ちが》って細くて、強く握《にぎ》ったら折れてしまいそうだ。

バイト先の柊さんに教えてもらったので、手を繋ごうと帰りを誘ってみたが、いざやろうとするとやはり緊張する。繋ぐ勇気が出ず、さっきから何度か手を伸ばしては触《ふ》れられず引っ込《こ》めることを何回も繰《く》り返してしまう。

まったく、不甲斐《ふがい》ない。勇気が出せず情けない自分にため息が出る。こんな時くらい男からいかないと。何度も深く息を吸って覚悟《かくご》を決める。なんとか不安な心を押《お》さえ込んで、いざ手を伸ばした。

「……!?」

自分の指先が彼女の柔《やわ》らかい手の肌《はだ》に触れる。触れた瞬間《しゅんかん》、ビクッと反応して斎藤はパッと一瞬で手を引っ込めた。

「わ、悪い!」

ない。

「い、いえ……」

慌てて謝《あやま》るが、斎藤はそれだけ言って黙《だま》ってしまった。顔を伏《ふ》せていてその表情は見えない。

俺が手を繋ごうとしたのはばれただろう。それを避《さ》けられたということは、おそらくまだ早かったのだ。元々彼女は異性に触れられるのが苦手な人なのだ。たとえ多少心を許してくれているからといってまだ時期尚早《じきしょうそう》だったかもしれない。

弁明の言葉が何も思いつかず、気まずい空気が漂《ただよ》う。これ以上警戒されて嫌《きら》われないよう、半歩分だけ斎藤から離れる。

やってしまった。失敗してしまった。焦るあまり突然《とつぜん》手を繋ごうとしてしまった。もっと時間をかけてから手を繋ごうとするべきだったのでは？　苦い後悔《こうかい》が心を包む。ちらっと横目に彼女を見ると、触れた指先をもう片方の手で包み込むようにしている。彼女は俺から顔を逸らして逆側を向いたままだ。

何か言わなきゃ、そう思うけれど上手く言葉が出てこない。結局沈黙《ちんもく》を保ったまま斎藤の家に着いてしまった。

「悪い……。用事思い出した。今日は本だけ借りて帰るわ」

これ以上一緒にいるのは気まずく、ついそんな嘘《うそ》をつく。

「そう……ですか。じゃあ、この本を」

「ありがとう。じゃあ」

「はい……また、明日」

へにゃりと眉《まゆ》を下げて悲しそうにする斎藤に悪いとは思いつつも、逃《に》げるように斎藤の家を後にする。これからどうしたらいいかバイト先の柊さんに相談しなければ。そう思いながら家に帰った。


「はぁ……」

バイトの最中、卓を拭《ふ》いていると思わずため息が漏れ出た。

昼間の出来事を思い出す。手が触れた瞬間、避けるように手を引っ込められたあの光景。何度もフラッシュバックする。ああ、まったく、なんであんな強引《ごういん》に手を繋ごうとしてしまったんだろう。

確かに柊さんに教えてもらったけれど、よくよく考えてみればまだ時期尚早だったのではないか？　もっとゆっくり時間をかけて信頼関係を築いてからにしたらよかったのではないか？　少なくともあんなに焦って突然《とつぜん》繋《つな》ごうとする必要はなかった。考えれば考えるほど後悔しか出てこない。

自分だけで悩《なや》んでいても変わらないし、相談相手の柊さんに聞くのが一番だ。そう思い、バイトをしながらバイトが終わるのを今か今かと待ち続けていた。

「柊さん、バイトが終わったら少し話をしたいのですが、いいですか？」

「……はい」

少しだけ沈《しず》んだ声が返ってくる。珍《めずら》しく気落ちした雰囲気に違和感《いわかん》を覚えながら、バイトの締め作業を進めていった。バイトが終わり、いつものように相談を始める。

「今日、帰る時に手を繋ごうとしたんです。でも、彼女の手に触れた瞬間、避けられてしまって……。これって嫌がられているってことですよね？」

「ち、違います！」

「……え？」

今日あったことを話すと、柊さんらしくない強い物言いが返ってきた。焦ったように声を上擦らせて否定してくるので、思わず驚いて変な声が出てしまう。

そんな俺の戸惑《とまど》いが伝わったのか、コホンッと咳《せき》をして冷静さを取り戻した。

「あ、いえ……その、取り乱してすみません。多分違うと思いますよ？」

「そうなんですか？」

「そうです。女の子というのは好きな人に触れられるのはとっても緊張することなんです。

ましてて手を繋ぐなんて……すると分かっていても緊張してしまいますし、ドキドキして恥ずかしい気持ちになるんです」

ほんのりと頬を染めて語る柊さんは妙《みょう》に色っぽい。想《おも》いを優《やさ》しく吐露《とろ》する姿につい目を惹《ひ》かれる。もちろん、男に乙女心《おとめごころ》を語るのが恥ずかしいのは分かるが、そう照れられるとこっちまで恥ずかしくなる。赤裸々《せきらら》な柊さんの想いに少しだけドキリとする。

「そ、そうですか……」

「好きな人に触れられるってのはそれだけ意識することなんです。だから不意打ちだったり、突然だったりしたら余計にびっくりするんです。嫌というよりはドキドキするという意味で」

頬を朱に染めたまま恥ずかしげに少しだけ俯き、ちらりと上目遣《うわめづか》いにこっちを見てくる。そのまま右手で左手を包み込むようにして微《かす》かな声でそう呟《つぶや》いた。

「な、なるほど。確かに今回は突然手を繋ごうとしていました。だからですか……」

柊さんの意見は確かに納得《なっとく》できるだけの理由があった。ドキドキするのは女子に限らず男子だって同じだ。繋ごうと思っただけであれだけ緊張したのだ。手を繋いだらどれだけ焦って平静を装えるかは分からない。それは彼女《かのじょ》も同じだったということか。

柊さんは少しだけ考えるように腕を組んだ後、おずおずと新しいアドバイスをしてきた。

「……今度は、ちゃんと聞いてからにしたらどうですか？　そしたら繋いでくれると思いますよ？」

「でも、もし本当に嫌がっていたら、余計に嫌われませんか？」

柊さんの意見は納得出来るが、万が一ということがある。彼女は元々異性を苦手としている人だ。たとえ好意を寄せている相手だからといっても、触れられるのを嫌がった可能性は否定できない。

もしそうだったとしたら、聞いて頼《たの》んでみるというのは悪手になってしまう。そう思うとどうしても気が引けてしまう。

「違うと思いますけど……。だったらなおさら聞いた方がいいと思います。考えたところで相手がどう考えてるかなんて分からないんですから。聞いたら確実に相手の考えていることを確かめられますよね？」

「ま、まあ……」

確かに自分で考えたところでそれは自分が想像したものに過ぎない。実際彼女がどう思っているかは聞かなければ分からないのだから。

あれこれ悩んだところで本人に確かめない限り、この不安はなくならないだろう。仮に手を繋ぐのが嫌だったからといって、それで彼女との関係がなくなるわけではないのだ。

ここはきちんと聞くべきなのかもしれない。

「もちろん、私がその彼女さんは嫌がってないと断言できますので、絶対聞いてください。絶対ですよ？　いいですね？」

「わ、分かりました」

どこか真剣《しんけん》な表情で見つめ、彼女の必死さが伝わってくる。余程《よほど》ちゃんと聞いて欲しいのか、念押《ねんお》しが凄い。そう強く言われてしまえば、頷くしかなかった。


（くそっ、いつ手を繋いだらいいんだ……）

バイト先の柊さんにまたしてもアドバイスをもらってから三日が過ぎた。だが、タイミングが掴《つか》めず、いつ手を繋げばいいのか分からないでいた。

一度失敗している以上、何もないところで突然「手を繋がないか？」なんて聞くのは不自然すぎる。流石《さすが》に俺だってそんな突然言われたら戸惑うのだから、斎藤だってきっと困ってしまうだろう。

何かしらのきっかけというものが欲しい。きっかけさえ有れば、自然に手を繋ぐ提案が出来る。だがそんな手を繋ぐきっかけなんてものはそうそう起こるものではない。起きてたらこんなに苦労しない。そんなわけで、きっかけが掴めないまま三日が過ぎてしまった。

「はぁ……」

打開方法が思いつかず、ついため息が漏れ出る。これからどうしたものか。途方《とほう》に暮れそうになった時、放送が入った。

「昨日、夜十時頃、不審者《ふしんしゃ》が現れました。気を付けて帰ってください」

……これだ！　多少強引な誘い方になりそうだが、もうそこは気にしていられない。せっかくきっかけが出来たのだ。やらない手はない。これを逃《のが》したらいつまたきっかけが現れるかも分からないのだから。

ここで思い止《とど》まったらいつまでも状況《じょうきょう》が進みそうになかったので、善は急げと早速《さっそく》、斎藤に連絡《れんらく》を入れる。

『今日、一緒に帰らないか？』

『いいですよ。すぐに一緒に帰ると人目につくので、授業が終わってから三十分ぐらい過ぎたぐらいに下駄箱のところで』

『了解《りょうかい》』

断られるか少し不安だったが呆気《あっけ》なく承諾《しょうだく》してくれた。ひとまず第一段階を突破《とっぱ》したことにほっとする。今回こそ手を繋ぐ、そう気合を入れて放課後を待ち望んだ。

放課後、約束通りきっかり三十分後に彼女は現れた。

「よお、突然で悪いな」

「いえ、帰る時間が遅いか早いかの違いだけですので」

流石に当日に誘うのは急すぎだったと思わなくもないが、彼女は特に気にしている素振《そぶ》りはない。むしろ表情は相変わらずの無表情だが、どこか声を弾《はず》ませて嬉しそうだった。

前回と同じく、他愛もない話をしながら歩き始める。一緒に本を読んで感想を言い合うのも楽しいが、こうやって何でもない道のりをただひたすら気ままに話して歩くのも楽しい。

今まではただ黙々《もくもく》と歩いて帰るだけだったが、こういう帰り道もありだ。きっと話し相手が好きな人だからなのだろうが。

相変わらずの人形のような白い綺麗《きれい》な手に視線を送る。もう失敗は出来ない。きっかけはあるから誘うのが不自然にはならない……はず。覚悟を決め、意を決して口を開いた。

「なあ、斎藤」

「……はい、何ですか？」

少しだけ間が空いたあと、まっすぐこっちを見つめてくる。

「その……嫌じゃないなら、手を繋がないか？　……ほら、不審者が出るって言うし、いざって時に」

いざって何だよ。いざって。思わず内心で自分の言葉に突《つ》っ込む。手を繋いだら不審者を撃退《げきたい》できるなら全国の小学生みんな手を繋いでいるってんだよ。緊張するあまり変な言い訳を言ってしまった。今すぐ取り消したい。

ちらっと斎藤の様子を窺《うかが》うと、ほんのりと頬を朱に染めながら、瞳をぱぁっと輝《かがや》かせた。

「嫌じゃないです。手、繋ぎたいです」

「そ、そうか」

流石に俺でも、彼女が本心で喜んでくれているのが分かり、嬉しいやら恥ずかしいやらで背中がむず痒《がゆ》い。にやけそうになるのをなんとか抑えながら手を差し出す。彼女はその手にゆっくりと手を重ねると、満足げに微笑《ほほえ》み上目遣いに覗《のぞ》き込むように見てきた。

何か言いたげなその視線についぶっきらぼうに尋ねる。

「なんだよ」

「田中くん、そんなに手を繋ぎたかったんですね？　言ってくれたら、これからいつでも手を繋ぎますよ？」

からかうような楽しげな表情を見せてクスッと笑った。いつもの冷めた表情とは違う年相応のあどけなさと少しだけ色香《いろか》を纏《まと》った表情はあまりに魅力的《みりょくてき》だった。

ドキリッと胸が高鳴り、顔が熱くなる。それを見てまた斎藤はふふん、と満足げに微笑んだ。

ああ、顔が熱い。からかわれてしまったが、なんとか手を繋《つな》ぐことに成功したんだ。ひとまずは無事に手を繋げたことにほっと内心で一息をつく。だがそれも束《つか》の間《ま》、成功すると人間というものは欲深になるらしい。手を繋げたことで次の欲望が湧《わ》き上がってきた。恋人《こいびと》繋ぎをしたい。そういう思いが心に浮かんでくる。よくよく考えてみれば、無意識とはいえ冬休みに手は一度繋いでいるのだ。やっと冬休みの時と同じ段階に戻《もど》ったに過ぎない。関係が進んだというにはもう一歩進まないと。

手は繋いでくれたんだから、嫌がられることはないだろう。あとは俺が勇気を出すだけだ。ぐっと息を飲み、自分の指を斎藤の細い指と絡《から》めた。

「えっ、ちょ、ちょっと、田中くん⁉」

絡めた指の間から自分より少し冷たい彼女の体温が伝わってきた瞬間、彼女は素《す》っ頓狂《とんきょう》な声を上げた。驚いたように慌てると、顔を真っ赤にし、丸い瞳を大きく見開いてこっちを見つめてくる。

「……ダメか？」

流石に少し強引だったか。不安になりながら尋ねると、赤面したままふるふると首を振った。

「い、いいえ、私もこっちの方がいいです」

「……ん」

そう言ってきゅっと少しだけ強く手が握られる。繋いだ手のひらが熱くなるのを感じながら、帰り道を歩き始めた。

斎藤side

ど、どうしましょう！　手を繋ぐのは覚悟できていたけど、まさか恋人繋ぎをしてくるなんて。そんなの聞いてない。バイトの時も話してなかった。

ちらっと隣《となり》を見ると、田中くんの横顔が見える。その頬が赤くなっているのは気のせいではないと思う。きっと私も同じくらい赤くなっているに違いない。

せっかく、私が余裕《よゆう》をもって田中くんと手を繋ぐ作戦を考えていたのに。まさかこんな不意打ちが待っているなんて。おかげで私の計画が狂《くる》ってしまった。ま、まあ、恋人繋ぎが出来たのは嬉しいんですけど。

右手に軽く力を込めると、ぎゅっと握り返される。それがなんとなくむず痒い。嬉しくて恥ずかしくて。ちょっと私の気持ちがパンクしそう。これ以上田中くんを見ていられなくて、そっと視線を繋がった手に移す。

自分より大きい手。硬《かた》くてごつごつした男の人の手。前まではそんな男性の部分が苦手だったけど、それが好きな人となると別だ。そういう部分が愛《いと》おしい。右手から伝わってくる温《ぬく》もりが確かに田中くんと手を繋いでいることを自覚させられた。

田中くんを意識させる作戦は無事成功したと言ってもいいに違いない。田中くんを照れさせることも出来たし満足だ。照れてる田中くんはやっぱり可愛《かわい》い。かっこよくて時々可愛いとか、絶対反則だと思う。

「せっかくだし、肉まんでも食べるか？」

「いいですね。今日は寒いですし」

田中くんの提案を受けて最近出来たコンビニに向かう。せっかく久しぶりに一緒に帰っているんだから、このくらいならいいはず。周りに見つかってしまう可能性も頭を過《よぎ》ったけど、そんなことが気にならないくらい浮かれていた。

「お、ここだ」

初めて来たコンビニは真新しく眩《まぶ》しい。夕暮れの日が沈み始めている時間で、一層目立つ。中へ入るとき、田中くんに引かれていた手がするりと解かれた。

「あ……」

右手を包んでいた温もりが一気に冷える。何も握っていない手が凄く寂《さび》しい。名残惜《なごりお》しさが一気に押し寄せてくる。コンビニの中まで手を繋いではいられないから、当然なのは分かっているのに。沸《わ》き上がった寂しさを押し込めて、田中くんの後に続く。

新しく出来たコンビニとはいえ、基本の配置はどこも変わらない。レジ横に置かれた保温機の中の肉まんを眺《なが》める。あんまんやピザまんは知っているけど、ふかひれまんや角煮《かくに》まんは初めて見た。どれも美味《おい》しそう。

「斎藤はどれにするんだ？」

「思ったより種類が多くて、悩みどころですね」

あまり待たせてはいけないと思いつつも、なかなか決められない。やっぱり最初の予定通り、肉まんがいいだろうか。いえ、でも、甘《あま》いあんまんも捨てがたい。角煮まんも初めてだし食べてみたい。ずっと決められない私を見かねたのか、田中くんが声をかけてくる。

「何と悩んでいるんだ？」

「あんまんと角煮まんです」

「じゃあ、俺が角煮まん頼むから斎藤はあんまん頼めば？」

「……いいんですか？」

「別に、肉まんにこだわってたわけじゃないしな。それに角煮まんは食べたことないから興味あったし」

「ありがとうございます」

ぶっきらぼうに言ってるけど、田中くんの優しさは丸分かりだ。私のことをツンデレという割には田中くんもなかなかのツンデレ具合だと思う。やっぱりツンデレは最高ですね。

田中くんの優しさに触れてちょっぴり嬉しくなりながら、注文を終える。店員さんからあんまんを受けとり、イートインのスペースがあったのでそこに座《すわ》る。もらった包装を開けると、ふわりといい匂《にお》いが漂ってきた。

「わぁ、美味しそうです！」

田中くんも開けて食べ始めたので、自分も一口頬張《ほおば》る。温かい生地《きじ》の感触《かんしょく》と共に、あんこの濃厚《のうこう》な甘さが一気に口の中に広がった。

「ん～～！」

久しぶりに食べたあんまんはとっても美味しい。幸せいっぱいだ。甘いしほくほくだし、もうたまらない。あまりに美味しくて自分でも表情が綻《ほころ》んでいるのを感じながら、一口、また一口、口に入れる。美味しくて止まらない。半分食べ終えたところでやっと満足した。

「美味しかったか？」

「はい、とっても！」

「こっちも食べるか？」

「あ、ありがとうございます」

半分になった角煮まんとあんまんを交換《こうかん》して受け取る。既《すで》に田中くんが半分食べているので、食べかけの部分から中の角煮が見える。つやつやしていて美味しそう。早速一口。食べようとして、はたと気付いた。


（こ、これ、間接キスでは⁉）


慌《あわ》てて隣を見るけど、田中くんは特に気にした様子はない。私が食べていた部分から既にあんまんを食べている。……ちょっと恥ずかしい。

田中くんは意識していないみたいなので、私も気にする必要はないはず。改めて自分の手元に視線を戻す。明らかに食べかけであり、これを食べたら間接キスになるのは間違《まちが》いない。べ、別にただ食べるだけなんですから、意識する必要なんてないはずです。そう！これはただ食べるだけ。ただの食事。……ってやっぱり無理！

自分に言い聞かせてみたものの、意識しないはずがなかった。好きな人と間接キスで意識しない方がおかしい。私ばっかり意識してるのが少し悔《くや》しい。もう知らない。勢いよく角煮まんを口に入れた。

「っ⁉」

ジューシーなお肉の脂《あぶら》が一気に口の中いっぱいに広がる。噛むごとにお肉はほろほろと溶《と》けてなくなる。生地と相まって程《ほど》よい塩加減が最高だ。さっきまで気にしていた間接キスへの意識はどこへやら。もう完全に味の虜《とりこ》だった。あんまんも良かったが、それ以上に美味しく止まらない。気付けば全部平らげていた。

「はぁぁ、美味しかったです」

まだ角煮の味が口の中に残り、余韻《よいん》が抜《ぬ》けきらない。温まった体が心地《ここち》いい。しあわせ一杯《いっぱい》だ。

「相変わらずいい笑顔《えがお》だな」

「そ、そうですか？」

「ああ。やっぱりその笑顔《えがお》好きだわ」

「っ⁉」

ふ、不意打ちです！　恋人繋ぎの時もそうでしたが、急にそういうこと言うのはやめて欲《ほ》しい。心臓に悪い。

「顔赤いけど？」

「き、気のせいです！」

にやりと意地悪に笑う田中くん。どきりと心臓が跳《は》ねる。いつもの無邪気《むじゃき》な笑《え》みとは全然違う色っぽい笑みは、反則ですよ……。

「ん、じゃあ、行こうか」

「は、はい」

きっと私の顔は真っ赤に違いない。もっと冷静に対応しないといけないのに。そんな余裕はない。普段《ふだん》とのギャップが……！

まったく、どれだけ私をどきどきさせれば済むんだ。褒《ほ》めてくれるようになったのはバイトの時の私が原因だけど。でも、こんなに褒めてくれるようになるなんて思ってもいなかった。嬉しいけど、心臓に悪いから困る。

外に出ると店内の暖かさは一気に消え去る。もう既にだいぶ暗くなっていた。目の前に立つ田中くん背中が大きく映る。そこから伸びる腕《うで》。その先にある田中くんの手がぷらぷら揺れている。

（もう手は繋がないのかな？）

い、今、私何を考えて⁉　な、なんて私は強欲《ごうよく》なんでしょう。一回手を繋げただけでも嬉《うれ》しいことなのに、また繋ぎたいだなんて。さっきまで手を繋いでいた記憶《きおく》が蘇《よみがえ》る。

自分が想像していた以上に、恋人繋ぎというのはどきどきした。恥ずかしかった。嬉しかった。そして心地よかった。またしたいと思うくらいに。

繋いだ時の温もりが恋《こい》しい。繋がっているあの感覚が忘れがたい。無性《むしょう》にすうすうする自分の手のひらを握ったり、開いたりを繰り返す。

「……ん」

そっと差し出された田中くんの左手。その意味を一瞬で理解した。

躊躇うことなく無言で自分の手を重ねる。一度は感じた温かさがまた伝わってくる。あの感じ。もうずっと忘れることはないだろう。ほわりと幸せな気持ちを噛みしめる。

さらりと当然のように指どうしが絡められ、恋人繋ぎにすぐに変わる。まだ慣れない感覚にどきりとしながらも、やっぱり特別なこの感覚が好きだった。

静かに二人で歩き出す。引かれる右手ににやけそう。

これから私たちの関係はどうなるんだろう。付き合うのかな？　まだ全然想像がつかない。ただ今は、一緒に手を繋いでいられる幸せを噛みしめた。

あとがき

お久ぶりです。午前の緑茶です。予定より遅くなってしまいましたが、なんとか三巻を出すことが出来ました。お待たせしました。

三巻はいかがでしたでしょうか？　三巻は斎藤さんがさらに積極的に動いていくことを意識して書かせてもらいました。一巻の最初の頃と比べて段違いに柔らかくなった斎藤さんの様子を書いていて非常に楽しかったです。他にも後輩キャラとして登場した舞はとても書きやすく、何度も斎藤さんと絡ませてしまいました。地味に斎藤さんと舞の絡みは私の中で好きなシーンだったりします。そんな舞に背中を押されて、田中に好意をほのめかすために頑張る斎藤さんの姿が可愛く伝えられていたなら幸いです。

さて、では謝辞を。

葛坊煽様。素敵なイラストをありがとうございます。表紙の二枚の完成イラストを初めて見たとき、一瞬記憶を失うほど見惚れてしまったことを今でも覚えています。私が想像していた以上のものをイラストとして描いて下さる神様として祈りを捧げます。

担当の小林様。今回も慣れない私を導いて下さりありがとうございます。おかげさまでこうして三巻の発売まで来ることが出来ました。これからもよろしくお願いします。

読者の皆様。稚拙ながらもこの作品を手にして、三巻まで読んで下さりありがとうございます。前回の後書きで話した通り、ふたりの関係が一気に進む話になりました。楽しんでいただけたなら嬉しいです。次巻は二人の関係、特に奇妙な関係の方がどんどん変化していきますので期待してお待ちください。

次巻予告のようになってしまいましたが、無事四巻も出版されます。今度はお待たせする時間が出来るだけ少なくて済むよう頑張ります。次巻もよろしければお付き合いください。それでは、また会える日まで午前に緑茶を嗜みつつお待ちしています（共食い？）

午前の緑茶

次巻予告
無事に手をつなげた報告を
バイト先の玲奈と一ノ瀬にする湊……
俺は知らないうちに
学校一の美少女を
口説いていたらしい
～バイト先の相談相手に俺の想い人の
話をすると彼女はなぜか照れ始める～

そんな中——
バレンタインイベント勃発！
二人の恋の行方はどうなる!?
全編書き下ろし!!
すれ違いイチャイチャラブコメ第4巻は
2022年9月1日発売予定！

HJ文庫 https://firecross.jp/
997

俺は知らないうちに学校一の美少女を口説いていたらしい 3
～バイト先の相談相手に俺の想い人の話をすると彼女はなぜか照れ始める～

2022年6月1日　初版発行

著者――午前の緑茶

発行者―松下大介
発行所―株式会社ホビージャパン

〒151-0053
東京都渋谷区代々木2-15-8
電話　03(5304)7604（編集）
　　　03(5304)9112（営業）

印刷所――大日本印刷株式会社

装丁――AFTERGLOW／株式会社エストール

Printed in Japan

ISBN978-4-7986-2803-5　C0193

ファンレター、作品のご感想お待ちしております

〒151-0053　東京都渋谷区代々木2-15-8
(株)ホビージャパン HJ文庫編集部 気付
午前の緑茶 先生／葛坊煽 先生